GOBOOKS & SITAK GROUP ©

GOBOOKS & SITAK GROUP©

「特級暖男」

CHARACTER FILE

SHALOM ACADEMY

希蘭 風精靈

小心點……
你和福星一樣要人費心照顧呢。

Blood Type A

Height 181

外表年齡：18
實際年齡：109
生日：12/19
興趣：小提琴、詩社
專長：古典文學、政治學
喜歡的東西：歌劇、音樂會
討厭的東西：期末評鑑

寶瓶座副會長，出身於山嵐系的風精靈，上五族的貴族之一。溫柔謙和的翩翩貴公子，各方面表現傑出，待人親切和善。對福星一行人非常有興趣，特別是小花。

「天真無邪」

CHARACTER FILE

SHALOM ACADEMY

妙春 狸貓妖

福星，你是痴漢嗎？

Blood Type
O

Height
145

外表年齡：10
實際年齡：？
生日：10/20
興趣：翻花繩、爬山
專長：編花冠、丟沙包
喜歡的東西：花手鞠、槲餅
討厭的東西：臭魚乾

實際年齡不明，但內外都像個十歲小女孩。紅葉的小跟班，兩人總是形影不離。

「成人限定」

CHARACTER FILE

SHALOM ACADEMY

紅葉 炎狐妖

曖昧不明的，很釣人胃口吶。

Blood Type AB

Height 168

外表年齡：18
實際年齡：92
生日：7/25
興趣：購物、交際
專長：被搭訕、被請客、被告白
喜歡的東西：居酒屋
討厭的東西：梅雨季

狂放如火的美少女，言行舉止豪放灑脫，大姐頭個性，有時開的黃腔令男生都感到汗顏。總是和妙春一起行動。

「資深偽正太」

CHARACTER FILE

SHALOM ACADEMY

Samukawa

寒川 黑天狗

當掉，全部重修。

Blood Type A

Height 180 (152cm……)

外表年齡：12(偽裝前) / 40(偽裝後)
實際年齡：854
生日：1/1
興趣：表：深造鑽研異能力操控
　　　裡：收集可愛的東西
專長：咒術操控
喜歡的東西：泡澡、可愛的物品
討厭的東西：錯誤百出的作業、山寨品

教授異能力實作。在數百年前的戰役受詛咒，外表變成少年模樣，能力大受限制，平時以幻術偽裝成中年人。個性嚴厲尖酸，但被福星發現不為人知的一面。

三日月書版

三日月書版

Since 1692.
蝠星東來
Presented by LAN QI ZUO REN
novel.藍旗左衽 illust.ダエ
4
輕世代
FW231
三日月書版

Characters

Shalom Academy
Character File

「新手妖怪研習中」

賀福星 Fu Xin

外表年齡：16
實際年齡：18
生日：7/17
興趣：電玩、動漫、網拍
專長：自得其樂
喜歡的東西：和朋友在一起
討厭的東西：重補修

混血蝙蝠精

**呃，我當了18年人類，
要我馬上習慣妖怪身分，太強人所難了啦！**

Shalom Academy
Character File

「警告：危險勿近」

理昂・夏格維斯 Leon

闇血族

外表年齡：18
實際年齡：198
生日：11/3
興趣：閱讀
專長：冷兵器
喜歡的東西：安靜閱讀
討厭的東西：被迫做不想做的事

你並沒有照顧我的義務，你到底有什麼企圖？

Characters

Shalom Academy
Character File

「嚴禁餵食」

洛柯羅 Rocort

外表年齡：18
實際年齡：？
生日：？
興趣：吃、和福星玩
專長：連續不斷地吃
喜歡的東西：吃點心
討厭的東西：蔬菜

妖精

吶，你身上有甜甜的味道，是食物嗎？

Shalom Academy
Character File

「拜金奸商」

翡翠 Emerald

外表年齡：18
實際年齡：98
生日：6/6
興趣：賺錢
專長：數學、歷史
喜歡的東西：營業盈餘
討厭的東西：營業虧損

風精靈

免費？我豈是膚淺到把友情看得比錢還重要的人！

Characters

Shalom Academy
Character File

「資深偽正太」

寒川 Samukawa

黑天狗

外表年齡：12(偽裝前) / 40(偽裝後)
實際年齡：854
生日：1/1
興趣：表：深造鑽研異能力操控
　　　裡：收集可愛的東西
專長：咒術操控
喜歡的東西：泡澡、可愛的物品
討厭的東西：錯誤百出的作業、山寨品

當掉，全部重修。

Shalom Academy
Character File

「生猛獸族。隱性傲嬌」

布拉德 Brad

狼人

外表年齡：19
實際年齡：98
生日：4/1
興趣：鍛鍊自我、極限運動
專長：武術、家政
喜歡的東西：在陽光下揮灑汗水
討厭的東西：闇血族

多說無益，是男子漢就用拳頭來溝通！

Characters

Shalom Academy

Character File

「聖母降臨」

珠月 *Zhu Yue*

蛟人

外表年齡：17

實際年齡：97

生日：3/5

興趣：欣賞少年間的不純友誼互動

專長：水中競技、文學、3C用品操作維修。

喜歡的東西：花卉、男人的友情

討厭的東西：海底油井、逆CP

……你還好嗎？不要過度勉強自己，我會幫你的。

Shalom Academy

Character File

「強效去汙」

丹絹 *Dan Juan*

蜘蛛精

外表年齡：17

實際年齡：99

生日：9/7

興趣：鑽研知識

專長：各科全能，清潔保健。

喜歡的東西：排列整齊的書櫃

討厭的東西：髒亂不潔。

這種等級的作業對你來說有這麼難？你的腦袋是裝飾用嗎？

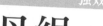

Characters

Shalom Academy
Character File

「女賓止步」

以薩·涅瓦 Isaac

闇血族

外表年齡：18
實際年齡：122
生日：2/5
興趣：園藝、植物
專長：數學、植物學
喜歡的東西：花朵、溫室
討厭的東西：人群

女孩子像花一樣，很漂亮，但是很脆弱……福星的話，是塑膠花。

Shalom Academy
Character File

「欠管教惡貓」

小花 Floral

貓妖

外表年齡：16
實際年齡：203
生日：11/16
興趣：美男鑑賞、觀察他人
專長：情報搜集
喜歡的東西：不為人知的祕密、美男
討厭的東西：自以為是的正義魔人

知道人們的祕密後，要他們聽令並不難。

Characters

Shalom Academy
Character File

「超肉食女王」

歌羅德 Grod

巫妖

外表年齡：28
實際年齡：80
生日：12/24
興趣：美妝、逛街、作弄寒川
專長：巫毒、巫咒、作弄寒川
喜歡的東西：聖羅蘭口紅
討厭的東西：僵硬的教條規範

你是在忤逆我嗎？嗯？

Shalom Academy
Character File

「無限放空」

子夜 Zi Ye

玄鳥

外表年齡：17
實際年齡：86
生日：5/2
興趣：發呆，看天空
專長：召喚系咒語
喜歡的東西：亮晶晶的小東西
討厭的東西：靜電

……喔。

Shalom Academy

═ 蝠星東來 ═

contents

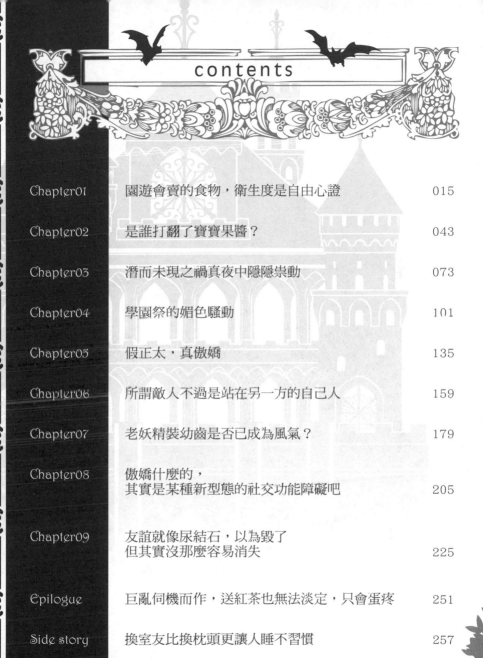

Chapter01

園遊會賣的食物，衛生度是自由心證

夏洛姆的東南角倉庫，褐色磚石砌成的方形樓房宛如巨大的收納箱，收納著各種工具器材等夏洛姆創校以來的所有雜物。

有用的雜物、看起來有用的雜物、不知是做什麼用的雜物，以一種難以摸透的規律，堆放擺滿了所有空間。

黑髮男孩望著眼前的場景，深吸了一口氣，本想緩緩吐出，卻因極度的惱怒而哽在胸口。咬牙，再次吞下。

他是血統純正的黑天狗，近乎神獸的高貴族裔。八百年的歲數，讓他在族裡的地位崇高如長老。同族的晚輩，有不少人在老家都已經擁有自己的廟祠，受人類供奉，有如神祇一般被景仰。

而他呢？

「正廳用的地毯是酒紅色的！神聖尊貴的酒紅色！你們拿白色幹嘛！」稚氣的嗓音怒氣沖沖地破口大罵。

浮在空中的小妖精布朗尼，悻悻然地回了幾句叫聲。

「呃，寒川教授，他們不是故意的，應該是沒聽清楚。況且，我覺得白色也很神聖尊貴呢！」穿著制服、一臉單純的黑髮少年，天真地笑著打圓場。

被喚為寒川的男孩瞪向對方，「閉嘴！賀福星！等你壽終時再拿來布置靈堂吧！撤掉！拿回倉房換！」

布朗尼們不滿地拖著白地毯轉身，對男孩排出一團濃濁的臭氣，尖聲笑著快速飛離。

寒川用力嗆咳，眼睛被臭氣薰到流淚。

該死的……他何嘗受過這種屈辱？要不是因為那該死的傢伙——

「沒事吧，寒川教授？」福星關切地彎下腰，拍撫著男孩的背。「要不要面紙？」

「滾開！誰准你用這種憐憫的口氣和我說話！」寒川一把推開賀福星。

都是這該死的掃把星！

三百多年前的戰役讓他受了詛咒，變成這副模樣，害他只能留在夏洛姆擔任教師，對黑天狗一族來說算得上處境潦倒。這些年來，他靠著咒語和幻術塑造出威嚴肅殺的外貌，讓他得到應有的尊重。

但三週之前，賀福星亂施咒語造成的騷動，讓他所有的幻術都失效，只能以真面目示人。為了避免不必要的麻煩，這些日子以來他躲躲藏藏，不讓外人見到真實的他，連交誼賽時也必須遮頭遮臉地窩在角落觀賽。

太窩囊！

福星搬著布朗尼從倉庫裡拖出來的物品，氣喘吁吁地開口，「為什麼我們要在這裡打雜啊？」交誼賽剛結束，照理說應該是放鬆慶功的時候吶！

「你闖出來的禍已經都善後完成了?」寒川尖酸地提醒。雖然意外錯體的靈魂在比賽中已然歸位，但受到巫咒亂波影響的他，始終無法再次構築幻象。「在我回復原貌前，你有義務協助我所有的工作!」

「喔……」

但，現在的樣子，才是真正的「原貌」吧。

福星很想這樣反駁。

「沒關係，我陪你。」洛柯羅邊咀嚼邊道，笑呵呵地情義相挺。

「謝謝。你在吃什麼?」

「這個。」洛柯羅攤開掌心，十幾粒狀似紅豆的圓珠躺在手中，「味道甜甜的，還有點青草香。口感不錯，要不要來兩粒?」

「好啊。」福星開心地接下，丟入嘴中，「你怎麼有這個?」

「後面箱子裡找到的。」

寒川冷冷地解說，「那是屍鰻的卵，通常用來下降蠱死咒。」

「噗!」福星猛力將嘴裡的東西噴出。

「曬乾煮沸之後沒有毒性，可做為藥材。」寒川嗤哼了聲，「就算是狗在扒糞前都還會嗅兩下，你把東西放入嘴前卻不問來歷，蠢得夠徹底。」

稚氣的嗓音，天使般的臉蛋，吐出來的話語卻比黃蜂尾針更狠毒，三者搭配起來殺傷力加倍。

太過分了吧……寒川……

福星用袖口擦著嘴，「為什麼教授你要來收雜物？我記得庶務組應該是由派利斯教授負責的。」

「因為我不想被別人看到這可笑的模樣。庶務的工作能讓我避開人群。」

「為什麼？寒川很可愛的說。」洛柯羅想都不想地脫口而出。

「我就是不想聽到這種該死的評論！」

堂堂的黑天狗，該得到的封號應該是肅穆、高凜，而不是可愛！

「是喔……」真彆扭。

「叩叩。」兩隻傳遞文書用的布朗尼飛入，將手中的紙捲交給福星之後匆匆飛出。

「噢，又有新的申請單了。」福星展開紙捲，「二A要調用十張長桌、四十張梨花木椅。」

「要那麼多桌椅做什麼！誰批准的?!」

「呃……是歌羅德教授，他是活動組的總籌。」

「混帳！那個臭人妖一定是故意的！」

「寒川好凶喔。」陪著福星一起來做苦力的洛柯羅在一旁幫腔，手掌相當自動地順勢擺在寒川頭上。身高縮水的寒川，此時高度只到他的腹部而已。「又可愛又神經質，就像吉娃娃一樣呢！」

寒川狠狠打掉洛柯羅的手，「放肆！」他一把揪住洛柯羅的領帶，用力扯下，森然陰冷地低聲威嚇，「你們兩個的管轄權現在歸我，想被處以禁食之刑嗎？」

這威脅效力十足，洛柯羅臉色瞬間轉綠，乖乖地向後退到角落繼續打雜。

寒川得意地勾起嘴角。

看來他找到壓制洛柯羅的方式了。可喜可賀。

「二D要四捲結界繩、十張大型衝擊墊，放在I區和H區架上。」寒川看著清單，抬頭，「布朗尼呢！為什麼一隻也不剩?!」

「都去忙了。」活動期間庶務組的事情真的太多。

「該死！」寒川揮手，掌中翻現十根黑羽。他朝地面一射，黑羽落地迸出數團青煙，煙散後，十隻長著翅膀的小黑兔顯現。

「去。」寒川下令。

羽兔一蹦一蹦地以極高的速度躍入倉房裡層。

「噢！小兔子！」洛柯羅興奮地追在羽兔後方，一路尾隨。

倉房的深處，傳來翻找東西的聲音，以及兔子的叫聲。

「不准玩弄我的式神！」寒川怒吼，繼續低下頭，看著手中那疊單據，氣惱地在上頭計算、標註記錄。他途中數度暴躁地抓頭，原本服貼的黑短髮此時翹得蓬鬆。

「這個數量不對，也沒批准印！」他自言自語地咒罵了兩聲，然後用力地在紙上打了個大叉，抽出丟到一旁。「哼哼哼……全部退單，讓他們重跑流程……哼哼……」勾起嘴角，發出得意的怪笑。

在一旁協助收拾東西的福星，盯著寒川一連串的動作，呆愣愣不發一語。

寒川的一舉一動、所有表情，看起來有種莫名的喜感。

真的……很可愛！

注意到福星的視線，寒川停下動作，斜睨了身旁人一眼，「看什麼！」

「呃，寒川教授……」

「做什麼！」

「呃，那個……你從什麼时候開始變成這樣的？」

寒川瞪了福星一眼。

「三百七十年前。一場戰役中留下的後遺症。」這段往事顯然令他不悅，但語氣中仍帶著自豪，似乎對於參與此戰感到光榮。

「不是因為得罪了某種神獸嗎？」

寒川臉色驟變，「誰告訴你的？」

關於三百年前的戰役，知道詳情的人並不多，除了參戰者之外，很少人了解實際狀況。

「喔，就是——」

快要到嘴邊的名字，頓時梗塞，飛散。

呃，是誰和他說的？

福星偏頭想了想。前一秒彷彿還留在腦中的模糊記憶，正要回想時，卻像被刻意抹淨般，消逝無蹤。

「我忘了耶……」

寒川瞪著福星痴呆的臉，低聲咒罵了幾句。

「戰役中的對手是上級神獸，牠對我下了詛咒。」一定是歌羅德那嘴碎的臭人妖講的……

福星點點頭，沉默了片刻，「那，洗澡時丟香浴球在水裡，還放小鴨鴨在浴缸中，也是詛咒嗎？」

寒川怒瞪福星幾秒，確定對方不是出言嘲諷，而是認真發問，便勉強壓抑著不悅，忿忿然低語，「……沒有那種詛咒，你這白痴……」

「喔。」

一時間，陷入了尷尬的沉默。

「呃，三百年前的戰役是怎麼回事？」福星趕緊轉移話題。

「一千年前，有隻上位神靈——也就是俗稱的神獸，在人界引起戰亂，死傷慘重，特殊生命體這方動用了數百名長老才將牠降服，封印在空間裂縫裡。三百多年前，封印鬆動，神獸的靈體逃出封印，幸好桑珌及早發現，聯合眾族精英，在牠造成災禍之前，把牠重新壓回本體之中。」

於是，這可笑的外表，從那時開始，跟了他三百年……

「原來如此。」沒想到特殊生命體的世界發生過這麼大的動亂，「寒川教授真是太強了！竟然參與了這麼危險的戰爭！」

寒川得意地勾起嘴角，似乎因為被稱讚而心情愉悅，但卻又裝作不以為然，瀟灑地輕哼了聲，「那沒什麼。」

「為特殊生命體做出這麼偉大的奉獻與犧牲，應該要把你列入忠烈祠的！」

「混帳！我還沒死進什麼忠烈祠？白痴！」

「抱歉抱歉！」看著寒川暴怒的表情，福星卻只覺得好笑。他想，歌羅德整寒川的原因並不是出於憎惡，或許只是單純出於有趣。和逗弄小動物的心態一樣。

「呃，那，神獸只在人界製造災禍？特殊生命體沒事？」

「是的。」

「為什麼？」

寒川的表情變得有點複雜，「或許是出於對同類的善意……神靈的想法，下層的生命體很難理解。」對這方極端的善意，變成對另一方的惡……

福星聽不太懂，但他隱約覺得似乎應該停止這個話題。

如果說神獸只危害人類，那麼特殊生命體出手封印神獸，不就是在幫助人類了？這麼說的話……寒川其實很有正義感……

思及此，福星突然覺得當年參戰的寒川很了不起，彷彿有道聖光籠罩在他身上。

搬著雜物的羽兔式神一蹦一蹦地躍出，其中一隻被洛柯羅抱在懷中。

「這隻可以送我嗎！」洛柯羅用臉頰在黑兔的背上蹭了兩下，黑兔非常不快地用後腳踢他的臉。「又可愛，又凶，和寒川一模一樣！」

「閉嘴！」

「可以嗎可以嗎？」洛柯羅湊向寒川，彎下腰盯著對方，臉靠得極近。

「滾開！」寒川一巴掌揮向洛柯羅的臉，但洛柯羅即時閃開，害他一個揮空，撲趴在地上。

一陣惱怒的暴吼聲接著響起。這模樣，完全無法讓人聯想到是曾經參與過大戰的精英。

看著其他班級陸陸續續送到的申請單，福星想起自己班上的同學。他從中午就過來倉庫打雜，現下已是黃昏，正是班級共同時間。

不知道二C要做什麼……

福星看了看錶，距休息時間還有二十分鐘，或許趕得上班級時間的尾聲。

不知道新任的班長珠月還好嗎？

當福星正勤奮熱血地做苦力時，一年C班的同學們，正非常不熱烈地討論著學園祭活動。

「因為歌羅德是學園祭活動組負責人，這陣子很忙。班上的事務就由我擔負，有勞大家配合了。」珠月微笑著站在臺前，不卑不亢地說著。

「啪啪啪啪啪！」

語音方落，臺下「某人」率先用力鼓掌，帶起了一陣稀落的掌聲。

「謝謝，布拉德。」

「嗯，不謝……」

「那麼我先報告學園祭的相關活動。」珠月翻閱著資料。經過交誼賽之後，她整個人變得自信了不少。

「今年的學園祭和往年有些不同。桑珌校長想讓更多人參與活動，讓學園祭更有趣，所以今年的學園祭只保留了晚宴，其他原本由校方辦理的座談會和音樂會，則改成以學生自主的園遊會和才藝表演，都是自由參加，人數不限。活動結束後會有評比，最高分的可以換取學員嘉獎點數。有問題嗎？丹絹？」

丹絹放下手，「想請教一下，後面那群多出來的人是怎麼回事？」

教室的最後方，穿著雪白制服的海月、珠玉、瑪格麗、萊諾爾，突兀地坐在長椅上，格格不入。

「對嘛對嘛！都進來這麼久了，怎麼還不介紹我們！」珠玉和海月不滿地嚷嚷。

珠月看了後方一眼，微笑著回答，「本來想忽略到底的，既然丹絹同學問了，那麼我就簡短說明一下。從交誼賽到學園祭正式落幕，中間這一個多星期的時間，南校的代表會留在這裡，自由加入班級，一同參與活動直到結束。大家好好相處吧！」

「這樣呀……」丹絹回頭看了後方的四人，發出一陣不耐煩的嘖聲。

「你該慶幸護戎不在這兒。」萊諾爾輕笑，「聽說你的族人是護戎家族的僕役？你的主子似乎沒把你調教好。」

「住口！」

「嘖嘖，誰去廚房拿幾顆洋蔥給這隻狗吃，讓他永遠停止亂吠？」紅葉慵懶地撐著頭，看向布拉德，「沒有冒犯的意思。」

布拉德尷尬地點點頭。

「呵呵呵，真是沒家教的母狐狸，難怪白泉情願單獨去E班。」瑪格麗翹著腿，媚態萬千地回諷。

「門口掛著『賤人請進』的牌子嗎？妳來幹嘛？」

「妳說什麼！」

「安靜，請別爭吵！」珠月揚聲制止紛爭，「來者是客，請給他們多一點尊重和包容。」

珠玉等人露出得意的表情。

「況且他們再過一星期就會消失，就當作是修行，忍耐一下吧。」珠月補了一句。

「喂！」

「好，那麼別浪費時間，回到正題。關於學園祭，大家有什麼想法？」

「既然是自由參加就別參加吧。」

「原本是這樣沒錯。但我目前沒聽說有任何班級不參與的，很多班級已經開始動工了，而我們現在才開始討論……」珠月略微尷尬地開口，「另外，一年級時的班級學員點數累積前幾天公告了，我們班是全校最低的。雖然說點數是額外的加分，但名列最後，好像讓歌羅德非常不滿。」

「所以呢？」

「『不參加活動的話，期中考成績全班都得拿滿分。否則——』」珠月停頓了一秒，「他是這麼說的。」

「否則怎樣？」

「他沒說，只是笑著用鋼刀把人形蔓陀羅的根切成碎渣。」

嗯，很明顯的暗示。不照做的話，下場就會和蔓陀羅一樣。

「所以，大家有任何想法請提出。園遊會擺攤或晚宴演出，至少參加一個。」

「我！」翡翠率先舉手，「來擺攤吧！從護身符、魔藥材，到文具用品、生活百貨都可以賣！」

「你怎麼還是老樣子。」教室最後排的瑪格麗媚笑調侃，「老是賣些沒賺頭的東西。」

翡翠無視對方，逕自說明，「我這裡有一些現貨，要調貨的話三天就可以到。」

瑪格麗不以為意地淺笑。但眼底流露出隱隱的落寞。

「利潤怎麼分？」紅葉懶懶地問了一句。

「八二。」

「駁回。」

「但是——」

「閉嘴，重點不是這個，沒人想把攤位弄得像資源回收場。」丹絹沒好氣地打斷了翡翠的辯駁，「況且你還得借空教室囤積貨品。警告你，休想把批來的貨擺在寢室。」

「但是——」

「駁回駁回！肅靜肅靜！」布拉德用力拍桌，強制終止翡翠的嘮叨。接著望向珠月，「繼續會議。」

「謝謝你，布拉德。」珠月笑著繼續說，「因為賺取的金額也會影響評分，因此若要在低成本下獲得高利潤的話，我個人有一個想法——」她停頓了一秒，以揭開謎底的歡快語氣朗聲宣布，「我們開賭場吧。」

眾人一時愣愣，不知如何反應。

珠月見無人反對，便興奮地繼續說著，「只要幾副牌、幾顆骰子就可以開張了！如果要做大一點的話，就申請方桌來打麻將，四色牌可以和三年級的學姐借。大家覺得呢！」

「呃，這樣好像不太妥當……」翡翠委婉地勸阻，「這個……賭場雖然不用什麼成本，但也要有足夠的資金當籌碼。況且要是輸了——」

「放心，不會輸的。」珠月胸有成竹，「我上次看到電視上賣一種撲克牌，可以從背後的花紋看出對方拿的是什麼花色。還有骰子！只要灌水銀進去，就能夠控制骰出的點數！很棒吧！」

眾人再度愕愣。

珠月，這是詐賭啊！

芮秋爆笑出聲，難得看見她笑得這麼誇張。

「有什麼意見嗎，芮秋？」珠月正面迎視對方，不像以往一樣畏懼。

「我讚賞妳的構想。」芮秋笑著回應，「但是，夏洛姆禁止任何涉及金錢的博奕行為。妳的提議無法實行。」

珠月興奮的臉瞬間垮下，很不好意思地低下頭，「抱歉，我忘了考慮校規……」

雖然珠月的提議被駁回，但方才一番發言，意外地帶起了眾人的興趣，底下開始竊竊私語，交談聲漸漸上升。

「大家有想法的話歡迎提出！」

「賣吃的怎樣？」向來很少在團體中主動發言的彌生，忽地舉手發言，「章魚燒或炒麵之類的。那些食物在日本的高校學園祭或廟會都很受歡迎。」

紅葉回頭，看了坐在另外一角的彌生一眼。

先前在丹絹和紅葉交換身體期間和彌生起了摩擦，之後一直處於尷尬疏遠的狀態，至今仍未和好如初。

「所以要賣日式小吃？」

「美國那邊的園遊會一定會有熱狗攤和汽水。」譚雅開口。

「感覺不錯。」珠月點點頭，「賣這麼『人類』風格的東西，派利斯一定會給我們加不少分。還有其他想法嗎？」

「臺灣的小吃最近很受歡迎，」布拉德不落人後地發言，「德國還開了專門的臺灣飲品店，百貨公司也辦過主題特展。」

「聽起來很棒呢！布拉德。」珠月笑著讚許。

「聽起來很棒呢，布拉德。」萊諾爾學著珠月的語氣，輕笑著嘲諷。

「所以，就決定報名攤位囉？主題是各國小吃展？」

臺下眾人彼此對看，沒人提出反對。

「那麼，誰對臺灣小吃有了解？」

「福星吧。」翡翠開口，「還有洛柯羅，基本上他對所有食物都很了解。」

「但福星目前不在，寒川不知何時會放他走。有誰能先提出一點想法？」

「我。」出人意料地，身為外人的瑪格麗舉起手，「前幾年和幾個臺商有往來，去過臺灣幾次，有幾道菜印象頗深刻的。」

她邊說邊觀察翡翠，但，對方始終背對著她。

「喔喔！太好了！謝謝瑪格麗同學。可以請妳上來分享一下嗎？」

瑪格麗走到臺前，分享說明著自己的經驗。

身為夢妖，與生俱來致命的吸引力，加上開朗的語調和充滿魅力的神態，瑪格麗立即抓住了大多數男學生的目光與注意力。除了翡翠，始終是低著頭，漫不經心地操弄著手中的iPhone。

看這裡呀，翡翠……

看她一眼吧。別這麼冷漠嘛……

「唰！」門扉忽地開啟。

「我回來了！」福星靠在門邊喘著開口。五分鐘前寒川放工，他立刻拉著洛柯羅使盡全力狂奔回二C的共同教室。

看見所有人都在場，福星鬆了口氣。

幸好趕上了。

「剛剛討論到哪裡啦？我錯過了什麼？」

「喔，福星，你不在的時候，我們討論出學園祭的主題了呢。」

「真的？珠月妳太棒了！」福星看了看黑板上的字詞，愣了幾秒，「呃，所以我們的攤位是黑魔法道具販售？翡翠提出來的是嗎？」

「並不是。」翡翠沒什麼幹勁地反駁。

「章魚燒和漢堡我可以理解。但是……黏膜腸道白條肉是什麼？」

「就是一種臺灣小吃，有點像熱狗的形狀，一層透明的膜包著白飯，裡面夾肉。」瑪格麗立即解釋。

「呃，妳怎麼在這裡？啊，還有布拉兄和任性雙胞胎！」

「你說誰任性?!」

「他們加入二C一同行動，直到活動結束。」珠月簡潔說明。

「這樣喔……」

感覺教室的氣氛變得有點詭異，是他們造成的嗎？——嗯，算了。

「話說回來，妳說的是大腸包小腸嗎？糯米腸夾香腸？」

「對對對！」

「那青蛙排卵是啥鬼？」聽起來很生態。

「就是一顆一顆黑黑的、中心有白點的軟嫩圓球，加在綠豆湯或糖水裡。和珍珠奶茶有點像又不太一樣。」

「妳是說青蛙下蛋吧？」

「對！沒錯。」

「好吧，這樣的話我想血布丁應該是豬血糕。」感覺很獵奇。幸好雞排還是雞排，沒有被賜予詭異的名稱。

「只賣食物好像有點單調。」

「或許可以搭配一些遊戲什麼的。」

「福星你不是有遊戲機？」洛柯羅插嘴。

「但那是掌上型ＰＳＰ，只有一臺而已，要對戰的話至少兩臺吧？」

「好吧，那這個部分先保留。」

悠揚的鐘聲響起，午後課程結束，夜間休息時間開始。

「那麼今天先到這邊，工作分配表明天之前會完成。大家一起加油吧！」

散會之後，福星一行人前往學生餐廳，一路上開心地討論下午發生的趣事，規劃攤位的內容。

取完餐準備回座位時，福星發現有個人躲在食堂的羅馬柱後方，盯著他與伙伴們的位置。是瑪格麗。她在做什麼？

望向座位，只見翡翠和其他伙伴們有說有笑。

瑪格麗的表情，充滿了羡慕和嫉妒。

注意到福星的目光，瑪格麗僵硬地擠出微笑，故作自然地摸了摸柱子，好像什麼事也沒有一般，轉身離去。

即使是夢妖，也有少女的一面啊……不知道她和翡翠之間到底有什麼過節？瑪格麗在賽前和他說的話，有幾分是虛假，幾分是真實呢？

早餐時間過沒多久，寶瓶座臨時會議的通知便送到教室，正在上進階華語文課的福星匆匆前往會議室。

「抱歉在這個時候召集各位。為了節省時間，直接切入正題。」希蘭站在前席，幹練地引導著程序。雖然臉上依舊掛著令人如沐春風的和煦笑容，但仍看得出疲累所留下的痕跡。

「今年的學園祭做了些變革與創新，身為校務協助者的寶瓶座，有義務花更多的心力讓活動能順利進行。各位手邊的是活動期間的工作分配表。二年級的學生會分派到相較於以往更加重要的任務，這次活動的表現，也將是成為正式成員與否的關鍵。」

福星翻著文件，找到自己和以薩的名字，被列在上級傳遞員後面。

傳遞員？那不是布朗尼做的事嗎？

「小花，妳是做什麼的？」

「學園祭風紀委員。管理三天的秩序。」

「我們是上級傳遞員，只有兩天要出任務。」福星一邊瀏覽一邊開口，「嗯……就是明晚和晚宴當天要執勤。負責運送的東西是……呃，夏洛姆之星？」

這麼重要的東西交給他們沒問題嗎?!

「很輕鬆嘛。」小花涼涼地說。

「哪有！」

「不然你來當風紀委員。去巡視攤位、制止一切違規行為、排解消費糾紛、晚宴當天安撫醉漢和處理嘔吐物。」

「呃，不用了……」

看出福星的疑慮，小花沒好氣地嘆了口氣，「夏洛姆之星收納在附有強力結界的神木盒裡，除了受到核准的對象，其他人一碰就會啟動防盜機制。要弄丟不是件容易的事。」

「這樣喔。」壓力稍微沒那麼大。不過，也有點小小的失望，他本來想偷偷拿出來試戴、過過乾癮的說。

「小花，妳有參加選拔嗎？」

小花瞪了福星一眼，「你在諷刺我嗎？」

「哪有！」隱約感覺自己踩到雷，他趕緊轉換話題，「那，妳想投票給誰？」

「投給賠率最高的。」小花冷哼，對著以薩開口，「你呢？發表一下意見吧。我還沒聽過你的聲音呢。」

突然被點到名，以薩瞬間僵硬，非常震驚地看著小花。

「……」

「什麼？」

「……沒有……」以薩吐出話語後，立即低下頭。

「他說沒有意見。」

「我聽見了。」小花挑眉，好奇地看著以薩，「為什麼不直視我？不屑嗎？」

以薩不語，緩緩地搖頭。

「外表資質不錯，但是裡頭好像壞了。」小花饒有興味地勾起嘴角，那眼神像是發現新奇事物的貓。「福星，下次借我玩。」

「以薩不是玩具！」

「凱爾和穆斯塔，你認識他們嗎？」小花繼續開口。

以薩的身子震了震，緩緩地點頭。

「這兩個傢伙加入我們班，和班上的闇血族混得不錯，我聽見他們閒談時提到你的名字。你們是朋友？」

以薩搖頭。

「敵人？」

以薩停頓了一秒，仍是搖頭。

「你知道他們的弱點嗎？比方說難以回首的尷尬往事，或是懼怕的東西？」

以薩繼續搖頭。

小花放棄。「算了。我還是自己去打探消息好了……你也振作點。」她順勢伸出手，拍向以薩的肩膀。

就在小花的手碰到以薩的那一刻，以薩像被熱水澆到一般瞬間閃開，向後躍到五步以外的距離。

眾人被這突然的舉動給嚇到，一時間所有人的目光集中在以薩身上。

「……抱歉……」以薩垂著頭，低聲開口，「我不太舒服……」語畢，頭也不回地離開會議室。

「妳對他做了什麼？」福星壓低聲音詢問。

和以薩相處了一年多，福星知道對方是個隨和的好人，只是以薩的一些行為模式，到現在他還是無法理解。

「我也想知道。」小花莫名其妙地看著自己的手掌。

他是在……害怕嗎？

害怕什麼？怕貓？怕被觸碰？還是……

貓兒的嘴角勾起，期待而戲謔的笑靨漾開。

太有意思了。

近午時刻，濃綠的林蔭深處，嫩青的草坡上。

「感覺很久沒見到你了呢。」悠猊靠在樹幹上，指尖捏著蒼翠的葉片，對著太陽，觀賞著光線從葉脈透出的細紋。

「是啊，之前是交誼賽，現在則在忙慶典。聽說這次的活動有很多改變，感覺很有趣呢！」

「開心嗎？」

「當然！」福星繼續說著，「我們班要擺攤。聽說大部分的班級是選擇晚宴登臺演出。喔，對了，你知道夏洛姆之星嗎？晚宴的夏洛姆之星票選活動，大家好像都很熱衷呢！宿舍、教學大樓和主堡的公告欄已經登出了好多個參賽者的照片。悠猊，你有參加嗎？」

他覺得，以悠猊的外貌，一定有一票粉絲支持。

「沒有。」

「這樣喔……」福星略微惋惜地點點頭，「也是啦，畢竟獎品有點虛。據說得獎者能夠擁有名為夏洛姆之星的勳章一整年，不知道大家在興奮什麼。對了，我和以薩是上級傳遞員，負責運送封藏勳章的箱子呢。」

「勳章上鑲嵌的寶石是王族精靈寶石，戴著它能夠擁有幸福。」

雖說是皇族，但寶石不過是新任木系精靈王剛登基時送給夏洛姆做為友善外交的禮物。年輕的下位精靈王結晶，功效有限。

「真的假的！聽起來很浪漫。」

「這是美化過的說法。王族精靈寶石的能力，可不是用在無聊的少女夢想上。應該說，擁有它就等於擁有通往幸福的墊腳石。因為它具有高度的靈波。」

「那能做什麼？」

「製造或破解高密度的結界和咒語。如果製造結晶的精靈等級越高，那麼——」

悠猊的話語倏地止住，像是想起什麼事似，瞪大了眼。

「怎麼了？」

「只是突然想到一些好事。」悠猊大笑，「福星，做得好。」

「呃，怎麼了？」

「你果然是我的王將，我的幸運星。」

一陣輕風拂過，葉片滑出掌心。

落到泥地上的殘葉，立即向下擴散出細密的根，扎入土中，並向上延展出直長的莖，朝光發展，更多的新葉從枝椏抽出。彷彿縮時影片一般，數秒鐘之內，化為一株樹苗。

福星瞪大了眼，看著這一切。

「悠猊，你……」這、這是什麼樣的能力？

「噢，一時疏忽了。」悠猊淺笑，在福星再次開口之前，伸出食指，點住對方眉心。

幽光從額頭泛起，緩緩褪去。

「回去吧……」

福星愣愣地起身，迷迷糊糊地轉身離去。

好好享受這短暫的悠閒吧，福星。

他感覺得到，門扉即將開啟。他設下的舞臺，揭幕在即。

倒數開始。

Chapter02

是誰打翻了寶寶果醬？

SHALOM ACADEMY

寶瓶座會議一結束，福星便興沖沖地跑回寢室，向室友分享自己的任務。

「哩哩哩哩哩哩昂！」推開門，福星哼著怪異的曲調，叫喚著室友的名字，以詭異的舞步旋轉入室。

坐在窗邊老位子上看書的理昂，額角冒起青筋，緩緩闔上書，「我以為我已經習慣了你的愚蠢，看來還早得很。」

「你看你看！」福星得意地把開會資料攤開，將自己的職務表展現在理昂面前，「我負責運送夏洛姆之星呢！」

他再往下翻了一頁，頁面上是附有特殊符令的封存盒以及夏洛姆之星的圖片，「很漂亮吧！理昂，你得獎的話就可以戴了！」

理昂冷冷地看了圖片一眼，「沒興趣……」他討厭被人注目。

「是喔？但是歌羅德已經幫你報名了。你的票數現在是前十高的呢。」目前最高票的好像是希蘭。

理昂皺眉，雖然不滿歌羅德的自作主張，但也無權反駁。

「你看你看，動章上的寶石，」福星指了指那璀璨的淡藍綠色晶石，「是木系精靈王的結晶喔！」

「王族精靈結晶？」理昂忽地提起了興趣。

「怎麼了？」

理昂沉默不語。

王族精靈結晶，能影響變動各種封印和咒令的威力。

可以增強，也可以削弱。如果可以得到那結晶，對他潛出校園將會很有幫助……

「所以，在學園祭晚宴那天，你會負責運送勳章？」理昂不動聲色地打探。

「不是喔，勳章是由寶瓶座會長保管，明天他會送過來，傳遞員負責將它送往夏洛姆的上級保險櫃。」

寶瓶座會長？

理昂想起了之前和希蘭互換身體時，在緊急會議上看見的那個高傲男子。

這樣算霸占校產吧，真夠惹人厭。

「那麼，你是直接拿著送過去？」

「怎麼可能啊！那麼貴重的東西！」福星忍不住笑出聲，「要是傳遞員上完廁所沒洗手，把它弄髒了怎麼辦？」

搞錯重點了吧……

理昂點點頭，繼續追問，「所以它是收在什麼樣的容器裡？那個容器附有何種防盜咒令？你是直接送到保險櫃，還是要轉交給別人？」

福星停頓了一下，「理昂，你一下子問這麼多……」

理昂心頭一驚。

他問得太急，引起懷疑了？

福星苦惱地抓了抓頭，「問這麼多，我有點難回答。」接著，豪邁地將手中的寶瓶座會議資料本，遞到理昂面前，「自己拿去看吧！」

理昂微愣，收下那本印得精緻的說明手冊，每頁都以燙金烙上寶瓶座會徽的頁面上，清清楚楚地寫著所有工作細節。

「你的問題上面應該都有寫，沒有的話我也不知道啦。」福星轉身進入房間，翻找著可以當宵夜的零食。

開會回來肚子超餓，但餐廳都關了。幸好被洛柯羅影響，現在他都會在房間裡庫存一些食物。

「福星……」

「嗯？你也要來根香濃的玉米棒嗎？」

「不……」理昂盯著頁面上斗大鮮紅的字體，遲疑地開口，「『機密文書，非寶瓶座成員請勿閱覽』？」

「喔喔，是啊。」福星握著嫩黃的玉米棒，喀哩喀哩地邊走邊吃，「規定說不可以給外人看這份文書，怕有心之徒想利用它來做非法的事。」

「那你還拿給我看？」理昂挑眉，「上面連各分點的防禦系統中心都標示了，有點能耐的人都能找出咒令的最弱點攻破。」

比方說他。

亂了！他是想從福星這裡竊取情報，但現在這狀況，怎麼反而變得像他在教對方如何防盜？該死！

「是喔？」福星點點頭，「所以呢？」

「你懂不懂事情的嚴重性——」

「我知道，文書不可以給外人看，因為怕被有心人利用。」

「是。」

「但是理昂不會呀。」福星咧嘴露出傻笑，嘴邊一圈黃色碎渣，看起來非常蠢。「我不會隨便把機密文書借給別人看。我是因為信任理昂，所以才把它借給你看的。」

理昂愣愣。

該死……

一時間，羞愧和徹底的敗北感，襲上他的心。

他敵不過這近乎愚蠢的天真與單純。

理昂長嘆了一口氣，將紙本闔上，看也不看地遞回給福星。

算了，這次，照規矩來吧……

「你說，冠軍能擁有勳章一整年？」

「對啊。」

「前十名的還有誰？」一整年，夠了。

「希蘭、洛柯羅和紅葉，南校的瑪格麗和萊諾爾也有上榜，其他不同年級的我沒多注意。另外還有幾個票數仍在成長，像是翡翠、布拉德和珠月，都在前二十左右。」

理昂沉思。

前十名是嗎……也就是說他必須至少除掉十個對手才能確保贏得結晶……

福星看著理昂，「理昂，你如果覺得困擾的話，我會叫大家不要投給你。」以理昂的個性，一定覺得這種事很煩人吧。

「不。」理昂盯著福星，「我想得到冠軍。」

「呃？」

「願意協助我嗎？」

「呃嗯？」他在做夢嗎？理昂竟然開口請他幫助?!

「不願意？」

「當然沒有！我會盡全力幫助你的！」

第一次被理昂拜託，福星覺得喜出望外，覺得終於證明自己的存在價值。

「真意外，我以為你會很討厭這種事的……」

理昂頓了頓。

通常是如此。以他的個性，對他有利的東西，他不會照著規矩去和其他人競爭，而是直接奪取——用各種手段。

不過這次……

他回頭，看著興高采烈翻著寶瓶座會議紀錄、不斷把玩工作人員臂章的福星，暗暗地嘆了口氣。

「那個……」

「嗯？」

「運送夏洛姆之星的只有你一個？」是的話，也太過危險。

「還有以薩。我們是搭檔。」

理昂的眼神猛地一凜，但沒多做發言。

王族精靈結晶，除了能增減咒力之外，還有一個更直接的功能。

偵測靈魂的惡念邪氣。

如果讓靈魂邪惡的嗜血之徒接近結晶，晶體的顏色會變暗；內心越深沉，顏色會越漆黑。因此，王族精靈結晶也是特殊生命體仲裁法庭的法儀，有罪無罪，觸碰了晶體，一目了然。

數百年前，審判血腥魔女麗．克斯特夫人時，天藍色的水精靈王族結晶，瞬間變得有如黑曜石一般，烏黑濃暗，數十天後才回復。

現在又想重演審判魔女的戲碼？看來，特殊生命體界對「他」還是有所顧忌，無法信任啊……

搞這種小動作，令人不快。

「理昂！我們來做競選海報好不好！還有吉祥物！這樣很能聚集人氣喔！還有還有！我覺得可以辦簽名握手會！感覺很親民！」福星興奮地分享自己的構想，不時地比手劃腳，揮舞著手中那吃到一半的玉米棒，嫩黃的餅乾屑不斷灑到理昂身上。

理昂皺起了眉，長嘆一聲。

他好像做了個錯誤的決定，把自己推入荒謬可笑的火坑裡。

次日，午夜十二時。夜之極與晝之始的交會點。

披著寶瓶座特製的純白鑲藍邊的燕尾長袍，臂上別著特殊勤務執勤臂章，福星和以薩準時到達主堡上層的迎賓室，恭敬地站在門口，等待召喚。

子時的鐘聲響起，對開的門扉隨之向兩側展開。房間以深藍為主調，中央懸掛的水晶燈折射出繽紛的光彩，將房裡綴染上富麗堂皇的氛圍。

福星和以薩小心翼翼地步入屋中，在座席前七步左右的位置停下，右手橫在胸前，彎腰鞠躬，「寶瓶座特殊傳遞員，賀福星、以薩，聽候差遣。」

「起。」

福星和以薩起身，緊張地等著接下來的指示。

屋裡坐了七個人，福星認出希蘭、桑珌校長還有兩位教授，其他三人是未曾在校內見過的人。

其中一人坐在正中央的絲絨檜木椅上，一臉不以為然的傲氣，先是看了看福星，發出一聲不屑至極的輕笑，接著將目光轉向以薩，饒富興味地看著他。

彷彿一隻野獸，正在考慮如何凌虐獵物。

「請藍忠里閣下開始儀式。」桑珌出聲提醒。

藍思里輕笑，起身，率性地單手將放在面前的木盒抓握起，走到福星和以薩的面前，接著低聲吟誦咒語。

木盒上雕著的符紋浮出光煙，符紋狀的光暈在福星和以薩身邊環成一圈，向內收縮，穿過兩人的身體，消失。

「接下吧。」

「呃，是！」福星和以薩對看了一眼，不知該由誰去接。福星慌亂地伸手接下木盒。

「傳遞員接令。」站在一旁桑珌凜然開口，「務必以生命完成任務。」

「是。」福星和以薩行了個禮，轉身，準備將物品送往下一個地點。

「慢著。」藍思里突然開口。

兩人停下腳步，遲疑地回過頭。

「不確認一下裡頭的東西嗎？」藍思里笑著開口，一副等著看好戲的表情。

一旁的教職員，包括桑珌，臉色頓時斂下。

「藍思里閣下……」桑珌不贊同地開口，「方才我們才親眼看著你將勳章放入盒中，布下封印，不需要多此一舉。」

「再確認一次，不行嗎？」藍思里不予理會，逕自走向福星。福星趕緊將盒子捧起。

藍思里輕撫木盒，盒子發出一記短暫的齒輪聲，開啟。

光彩奪目的勳章呈現在眾人眼前，上頭嵌著的寶石，比照片上更加耀眼眩人。

「既然已確認東西在盒中，是否可以闔上，讓傳遞員進行任務？」桑珌不悅地開口。

「看得見但也有可能是幻術，親手觸摸才能真的確認。」藍思里轉向以薩，勾起嘴角，

「你，拿起來看看。」

以薩遲疑地看著藍思里，又看向桑珌，一時不知所措。

桑珌嘆了口氣，點了點頭，表示同意。

以薩緩緩地伸手，戰戰兢兢地將盒中的勳章拾起，放在掌中。

福星發現，這一瞬間，在場的所有人都把目光集中到勳章上，以帶著好奇、不安、殘酷等各種神色的目光，盯著寶石。

怎麼了？難道真的是幻象？

藍思里聚精會神地看著勳章，似乎等著什麼事情發生，嘴角的笑容讓人不寒而慄。

福星也看著勳章，他發現寶石光彩開始微微地晃動。

以薩始終凜著面容，看不出表情，但握著勳章的手，細微地顫抖著。

寶石的光波晃動了幾秒，停止，回復，不再有任何反應。

眾人停頓了數十秒，鬆了口氣。

「可以放回了嗎？藍思里閣下。」桑珌再次出聲提醒。

藍思里不死心地盯著勳章，片刻，放棄。

「嘖，真可惜……」他輕啐了聲，以掃興的表情瞪了以薩一眼，轉身回到主座。「去執勤吧。」

以薩將勳章放回盒中，福星趕緊闔起。兩人簡單地行了個禮後，快步離開現場。

「那是怎麼回事？」福星心有餘悸地邊走邊問，「那個叫藍思里的，未免太討人厭了吧！」不管是口氣、態度，還是後來發生的事，都讓人覺得不舒服。

以薩沉默不語，臉色非常沉重。

「他剛剛簡直莫名其妙，桑珌校長都說了東西在裡面，幹嘛要再確認一次？又不會被偷走！難道他怕有人會隔空抓藥這招喔！」福星繼續抱怨，「幹嘛找我們麻煩啊！看我們太閒嗎?!」

「他是在測試……」以薩低語。

「啊？測試？」

「測試我的靈魂本質……」

因為他的血統、他的先祖，有問題。

用這種小動作試探他，很傷人，但，他也藉此證實了他的清白。

「靈魂本質？」福星不解，「那是什麼？類似萌屬性、偽娘屬性、病嬌屬性之類的東西嗎？」

以薩淺笑，心情舒緩了不少。

「福星……」

「嗯？」

「你好宅。」

「你管我！誰教你這個詞的！」

以薩輕笑，不語。

兩人快步前往上級保險室。上級保險室位在倉庫旁邊，外觀為一圓柱尖頂灰色大理石建築。

走到大門口，原本應待在守衛室負責開門的布朗尼，不在崗位上。

福星和以薩站在門口等了十分鐘，仍不見人影。

「這傢伙打混得太爽了吧！」福星忍不住咒罵，「要是有人趁機潛入偷東西怎麼辦！」

「不用擔心。布朗尼只負責大門鑰匙、登記進出人員。裡頭每一間保險室，都有另外的鎖，並附有高階符令守護，就算進得去也沒辦法做什麼。」

「是喔。那就好。」

福星繼續等了一會兒，不耐煩地問，「沒有備份鑰匙嗎？」

「有，鑰匙歸庶務組管。我記得負責人是派利斯。」

「現在換寒川管了。」福星沒好氣地開口，接著拿出手機，上校網搜尋寒川的寢室電話，「我打他寢室電話看看。」

這麼晚了，不知道寒川睡了沒？

想起上回誤闖寒川寢室，福星忍不住勾起嘴角。

那傢伙，會不會穿著印有泰迪熊圖案的粉色睡衣、戴著毛茸茸的睡帽入眠呢？

號碼撥出去，一片沉靜，十幾秒後，傳來斷線的嘟嘟聲。

「打不通耶。」福星皺眉，繼續搜尋，「嘖，查不到他的手機。還是寄信到緊急聯絡系統好了。電算中心布朗尼收到信會直接去找他。五分鐘內一定會有回應。」

夏洛姆從上個學期末開始，全校步入數位化，不僅校區各處附有無線網路，還安裝了各種網路協作平臺，非常便利。

據說這是芙清提出的建議。幹得好，老姐！

信件發出後，又過了十分鐘。深夜裡，庫房外，兩個身影落魄依舊。

「在搞什麼啊！現在是怎樣！要我們在這裡等一整天嗎？」福星皺眉，望向位於一旁的倉庫，靈光一閃。

「去倉庫吧！我有識別證和室內鑰匙！那裡面也有防盜系統，比待在這裡安全。」託每天在那裡打雜的福，現在派得上用場了！「乾脆今天晚上在那裡過夜好了！」越想越興奮！好像在隔宿露營！

以薩猶豫了幾秒，「我可能無法留下，這裡沒有通往宿舍和教學大樓的地下道，我現在的打扮，不能保護我在白天行動……」

「說的也是。」福星有點惋惜，看來他只能一個人守夜了。「不然，我留下就好。你可以幫我去寢室拿東西嗎？」

「可以。」

「謝謝！我寫張清單給你！」福星由衷感謝，「那，我就直接去倉庫囉！有勞你了！」

以薩接下福星的紙條，看著福星的背影，淺笑著轉身離去。

他很羨慕福星。總是這麼樂觀，這麼能苦中作樂。

希望自己也能和福星一樣……這樣，大家對他的印象，會不會好一點？

會不會忘掉了他背負的血緣？

分別朝兩個方向離去的兩人，絲毫沒發現在警衛室不遠處的草叢裡，散布著點點深橘色的液體。

那是布朗尼的血。

凌晨一點一刻。當門扉傳來輕敲聲，正在閱讀的理昂，以為是自己那聒噪的蠢室友執勤歸來，忘了帶鑰匙。

嘆了口氣，放下書，沒好氣地走向門。當門扉開啟，出現在眼前的是高大的以薩時，理昂微愕。

「您好，夜安。」以薩有禮貌地開口。

「夜安……」理昂回應。「有什麼事？」

「福星請我來幫他拿東西。」

對方是有名的「闇之爪」理昂，同時也是闇血族六大家族中夏格維斯家的族長，以薩繃緊了神經，謹慎應答。

「福星？」這傢伙又在搞什麼？「為什麼？」

「他今天晚上要睡在倉庫。請問，我可以進去嗎？」

理昂讓開身子，讓以薩進屋。

「打擾了。」以薩走向屋中，「請問，福星的床區是？」

理昂望向靠窗的那一側。

「謝謝。」

以薩入房後，理昂走回客廳坐下，拿起書繼續方才的閱讀。

窸窣的收拾聲，從福星的床區響起。

「喀嘶——」櫃子開啟的聲音。

「唰——」櫃子裡淩亂的物品山崩的聲音。

「砰砰砰砰！」落物砸到以薩的聲音。

「唔……」接著是以薩的呻吟。

理昂皺起眉，心裡隱隱產生一絲罪惡感。

他應該提醒以薩，福星總是將東西隨便亂塞，房間處處是地雷。

「不好意思，請問……」以薩狼狽地出現在門邊，手中握著紙條。

理昂抬頭。

「打擾您的閱讀萬分抱歉，不過，冒昧請教一下……」以薩看著手中的紙條，「您知道小叮噹玉米棒放在哪裡嗎？順帶一提，要原味的。還有小浣熊海苔，魷魚口味和焦糖口味。」

「右手邊置物櫃有個白色麻袋，裡面有他所有的存糧。」

「謝謝。」以薩轉身。

片刻，以薩恭敬的詢問聲再度響起，「不好意思，又來打擾您……」

理昂抬頭。

「請問，福星的PSP放在哪？」

「桌面沒看到的話，就是在床上。」那傢伙總是趴在床上玩到睡著為止。

以薩愣了愣，「謝謝。」

夏格維斯家的闇之爪，好像和傳聞中不太一樣……

幾分鐘後，以薩一手拎著一大包塞得滿滿的購物袋，另一手抱著捲成一捆的棉被，走出福星的床區。

「真的很感謝您的協助。」以薩微微欠身示意，轉身準備走向大門。

「為什麼睡在倉庫？」理昂忽地丟出一句疑問。

以薩停下腳步，看著理昂。

對方依然盯著書頁，看似漫不經心，但眼尖的以薩發現理昂手中的書，維持著他進屋時的同一頁。

以薩簡單地說明，「執勤時出了點意外，福星自願睡在倉庫留守。」

理昂輕嗤了聲。「那傢伙擅長招來麻煩。」

以薩忍不住笑出聲。

「怎麼？」

「您似乎擅長幫福星善後。」

「哼……」

「對了，福星的清單上還有一項，不過我無法再帶更多東西了。或許您有空的話，可以幫他送過去。」以薩將紙條放在客廳的桌上。「今晚打擾了。」

「不送。」理昂繼續冷著臉看著自己的書，頭也不抬。

以薩離開後大約三分鐘，理昂「突然」覺得口渴，起身走向桌邊，倒了杯冷水，一飲而盡，然後才「順便」拿起桌上的紙條端詳。

被握得發皺的紙條上，以歪斜的字體寫下了一條一條的清單，看得出來是墊在不平的表面上寫的。

睡衣、茶杯、棉被……然後是一連串的零食。

清單的最後一條，以加粗的字跡，寫著：室友＋玩伴的理昂。

旁邊有個括弧補充說明：這個能帶來的話，懶熊抱枕就不必拿了。

理昂深吸了一口氣，吐出一陣長長的無奈。

該死，瞧不起人也要有個限度……

理昂放下紙條，沉思了片刻，又一聲長嘆。他轉身步入自己的床區，拿起外套披上。

賀福星真的很擅長找麻煩。

而他，似乎真的越來越擅長善後了……

次日。

打了一夜電玩，吃了一夜餅乾，福星呈大字形睡死在擅自搬出來的沙發上，卻被一記惱怒的咆哮喚醒。

「賀福星!你搞什麼鬼!」

「啊?」福星迷迷糊糊地起身,揉了揉眼,「怎麼?上課了?喔,是寒川啊!」

「解釋一下這是怎麼回事!」寒川看著凌亂的地面,還有沙發上的床褥,「你昨晚在這裡過夜?!」

「喔喔,對啊。」福星打了個呵欠,走下沙發,被胡亂擠在背後的懶熊大頭抱枕掉落地面。

寒川瞪大眼,盯著那褐色的抱枕,「這、這不是三麗鷗五十週年紀念的限量商品嗎!你怎麼會有!」

「喔,我媽的學生有一個是開精品店的——呃,寒川,你怎麼這麼了解?」

寒川咬牙,意識到自己的失言,趕緊板回臉孔,「親戚的小孩曾經提過,恰巧記得罷了。」

「是喔……」福星偷笑。

「你還沒解釋你為什麼睡在這裡?」

「昨天本來要把勳章送去保險室,但是守門的布朗尼不在,我想倉庫這裡也有防盜警備系統,所以就先送到這裡,並且親自守護保管。」言及此,福星忍不住得意地開口,「我可是把它抱在懷裡一整夜呢！」

「你這——」寒川正要凶惡地開罵，但眼睛突然被地面上的某個東西抓住注意力。瞬間，他的臉色變得慘白。

福星低頭，看了看自己的腳，「喔，這雙熊掌拖鞋是夜市買的，你喜歡的話我下次帶一雙給你。」

「你腳邊的，是你抱了一整夜的東西？」寒川額角冒汗，冷聲低吟。

「什麼？」福星將目光往旁邊移了點，看見一個褐色的物品。

古色古香、鏤紋繁複的封盒，靜靜地躺在地上。

盒蓋打開，和盒身呈九十度，有如死掉的魚，張大了嘴發出無聲的控訴。盒子裡，暗紅色的絨布襯墊閃著柔順的光。

原本應該躺在裡頭的動章，不見蹤影。

福星和寒川僵硬如雕像般盯著地面上的封盒。

這、這……發生了什麼事？盒子，裝著動章的盒子怎麼打開了？動章呢？

福星立即彎下腰，將棉被翻開，用力地抖兩下。

「你搞什麼！」被福星這莫名其妙的動作一搞，寒川也回過神。

「我想說它會不會卡在棉被裡……」

「你、你——」寒川咬牙，「你這白痴！有沒有搞清楚狀況啊！」

「我知道啊！盒子打開了，東西不見了，所以我在找啊！」福星理直氣壯地回應。

「你的頭殼是排泄系統、裡頭堆滿屎嗎！這封盒是矮妖打造的，即使把它丟到核子反應爐裡也無法毀損封咒將它打開！」

「呃，好厲害……」所以？

「有人偷走了勳章！」

「呃，那，是誰偷的？」

寒川瞪大了眼。

「白痴！他媽的你到底有多蠢啊！你知道事情的嚴重性嗎！不只是賠償問題，弄丟了木系精靈王的贈物，要怎麼和對方交代！你知道這甚至可以成為發動戰爭的理由嗎?!智障！」

「冷靜點冷靜點！」福星第一次看到寒川氣成這樣，歇斯底里到還講髒話。他趕緊安撫，抓起懶熊抱枕，一把塞入寒川懷中，「送你送你！不要生氣！冷靜點！」

寒川抓著懶熊，惡狠狠地瞪著福星。福星本以為這招沒用，但沒想到寒川的怒火似乎一點一點下降，回復理智。

「你，把昨天晚上的經過說一遍，從進入迎賓室開始，任何細節都要說清楚。」寒川將懶熊頭夾在身側，冷冷地開口。

福星開始回想，把記得的事情詳細說出。寒川在聽見藍思里的舉動時，不贊同地皺起了眉。

聽見守衛不見時，寒川開口。「守衛不見？你有去工務園詢問布朗尼的總管嗎？」

「呃，沒有……」他不知道要這樣做。「但是我打了電話到你的寢電，也發通知到緊急聯絡網，都沒有回應。寒川教授，你那裡的線路是不是有問題啊？」

寒川頓了頓，一時支吾，「呃嗯，似乎是這樣，我並沒有接到任何通知……」

「這樣喔？」

「是的。」寒川心虛地回答。

事實上，寒川把寢室電話的線拔掉了。他最討厭私人時間還得被干擾。最重要的原因是，他是個科技白痴，電腦什麼的，完全外行，連上網都不會。緊急聯絡系統？哼！他可是到現在都還沒開通登入過，怎麼可能收得到通知！

福星繼續將後續的發展告訴寒川。以薩幫他從寢室拿了東西回來之後，他就一個人自得其樂地窩在這裡打ＰＳＰ、吃零食一直到睡著。

「你幾點睡著的？」

「我想想喔……啊，對了。」福星拿起ＰＳＰ，打開，快速地按著鍵切換頁面。

「賀福星，你這是在引誘我了結你的生命嗎？」

「不是啦，我在查遊戲紀錄，看最後一場是什麼時候打的……有了！凌晨三點十七分。」

寒川看了看錶，「現在是八點四十三分。在這將近五個半小時的時間裡，有任何不尋常的事發生嗎？」

福星抓了抓頭，「應該……沒有吧……」

寒川簡直要抓狂。

「寒川……現在怎麼辦……」

「這是你闖的禍，不干我的事。」

「你怎麼這麼無情……」福星哀號，「況且，如果不是你沒接電話，我們早就拿到備份鑰匙，把東西放到保險室裡了說……」

寒川回首，悻悻地開口，「嘖，你為什麼不蠢得徹底一點。」

這件事嚴格說來，他確實要負一半責任。本以為賀福星不會想到，看來對方沒有想像中笨。

寒川深吸了一口氣，思索著對策。

木系精靈王結晶，說貴重，比起夏洛姆存放的其他物品，倒也不是最貴重的。況且，新上任的精靈王，資歷和勢力也不足以對夏洛姆構成太大威脅。

只是，這件事傳出去了，對夏洛姆名聲有負面影響，更何況還是以這種方式遺失……

不等木系精靈那邊有動作，他猜藍思里那傢伙說不定會率先發難，藉機干預夏洛姆的運作。

他早就覺得藍思里在覬覦夏洛姆。

「寒、寒川？」見寒川沉思不語，福星忍不住出聲叫喚。

寒川抬起頭，稚氣的臉上閃耀著超齡的睿智與沉著。「這件事，不能讓其他人知道。」人多嘴雜，難免誤事。

「嗯，是，然後呢？」

「還剩七天就是晚宴，在這期間，我們必須……」

「找到勳章？」

「不。時間不夠。」寒川眉頭深深蹙起，好像在做一個難以抉擇的決定，最後投降般嘆了口氣，「最快的辦法，是直接做一個新的交上去。」

「你是說偽造一個假貨？」

「不是假貨。」寒川嘆了口氣，「是真貨，高檔數十倍的真貨。」

他有光系精靈女王的結晶。去年在新生試煉時，從洛柯羅那裡得到的，一直小心翼翼地珍藏在只有他知道的時空封印裡。

沒想到現在竟然為了這種事要拿出來用……

太可惜。這就像是弄丟琉璃珠，卻拿真鑽來抵。

算了，反正那東西本來就不是他的。洛柯羅那傢伙，應該也會願意為了福星，把晶石獻出來吧。

「封盒的咒力運作，是擷取盒裡精靈結晶的能量，我先把精靈結晶放進去，施個簡單的變色咒，看起來就會一模一樣。盒子關上後再放入保險室。勳章別扣的部分，要找火系妖精工匠打造，快的話三天內可以拿到。」

福星點點頭，「然後就沒事了？」

「這麼簡單就好了。」寒川凜著臉嚴肅開口，「木系精靈是中性精靈，他們的結晶對任何族裔都不具影響性。但頂替的是光系精靈結晶，對闇夜族裔會有極高的殺傷力。」

「所以？」

「如果闇血族的人觸碰到結晶，等於是將他丟在正午的日光下。」

「什麼！那、那該怎麼辦?!」

他想到理昂。要是理昂奪冠，豈不是——

「這個部分是最麻煩的，畢竟我們無法掌控得獎者的身分。況且，要是之後真的找回木系精靈王結晶，對方也未必願意交換。」

「其實並沒有這麼複雜。」突如其來的第三者插入對話，「只要福星贏得冠軍就沒事。」

福星和寒川嚇一跳，同時回頭。只見穿著不合時令的冬季長版制服外套的子夜，頸上掛著相機，站在門邊。

「你什麼時候站在那邊的?!」

「從寒川講『他媽的』的時候。」

那不就幾乎全都聽見了！

「你想怎樣？」

「不用緊張，福星是我的朋友，我不會害他……」

子夜看著福星，雖然雪白的臉上依然缺乏表情，但已比之前柔和許多。「只要福星奪冠就不會有事了。接下來的一年之內，就算找不到原本的結晶，要找到另一顆木系精靈的王族結晶並不困難。」

「說得容易！我怎麼可能贏啊！」憑他這副德行，上得了榜就要偷笑了！

「找對幫手就可以了。」子夜看著福星，「南校的夢妖擅長魅惑術，你可以請她幫你施咒，贏得眾人歡心。」

「她未必會幫我吧。」想起瑪格麗魅惑人心的笑容，光是和她說上一句話感覺就是天大的恩寵。

「你有她想要的東西……」

「啊？」

「總之，一定行得通的。」

「是喔……」福星看著子夜，雖然不知道對方哪來的自信，但目前也沒其他辦法。

死馬當活馬醫……

「你到底是來做什麼的？外面的警衛怎麼會讓你進來？」站在一旁的寒川終於找到機會插嘴。

「算是在執行公務。」子夜抬起手，露出手背，上頭有著淡淡的藍色螺紋。

「是新生訓練的使令！」福星認出符紋。想當年，他也是被這東西整得要死要活。「你的任務是？——」

福星話還沒說完，只見子夜熟練地舉起相機，朝寒川按下快門。動作之突然、之流利，讓寒川竟錯過了躲避的時機。

「你做什麼！」寒川暴怒。

「歌羅德下的使令。目標：寒川近照。」子夜一面說，一面理所當然地再次按下快門。

「不要拍了！」

「歌羅德說，寒川最近總是鬼鬼祟祟，行跡詭異，連出席公眾場合都用式神偽裝成本人隔空操控，他很擔心。」

寒川愣了愣。

他的式神被歌羅德看穿了啊……那個臭人妖竟然會擔心他？

一股暖意襲上心頭。

他似乎錯怪了歌羅德，看來，對方並沒有想像中的那麼卑劣——

子夜繼續開口，「歌羅德擔心你是不是得了什麼見不得人的病，自己躲起來偷偷治療。」

寒川心中對歌羅德萌生的一點點好感，瞬間消散。

「該死的臭人妖！那是什麼屁話！」寒川咆哮，「賀福星的咒語還沒完全解除，在那之前我不想以真面貌示人。」

「喔，原來如此。」了夜點點頭，沉默了幾秒，又拿起相機按下快門。

「你找碴嗎！」

「歌羅德說至少三張。」

「不要再拍了！」

第一堂上課鐘聲響起。這代表布朗尼即將上工。

「動章這邊我來應付。」寒川立即下令，「至於你們，趕緊利用你們那微薄的腦汁，想想要怎麼在選拔賽奪冠吧。」

「是。」

福星趕緊彎腰收拾東西準備回寢室。所有的東西都丟入袋中，棉被也捆好，只剩下……

福星尷尬地開口，「呃，寒川，那個……」他的目光移向始終夾在寒川腋下的熊頭抱枕。

寒川冷冷地看了福星一眼，「你剛才說送我，不是嗎？」

「呃，是……」

SHALOM ACADEMY

Chapter03

潛而未現之禍真夜中隱隱祟動

SHALOM ACADEMY

福星離開倉庫後，直奔南校迎賓會館，在外圍的花圃找了個可以觀察到大門的角落，靜靜蹲在那裡守候。

瑪格麗，快出來啊瑪格麗……福星焦急地喃喃低語。

瑪格麗真的會幫他嗎？子夜憑什麼這麼篤定？話說，瑪格麗想要的東西是什麼？他怎麼可能會有？他身上又沒有什麼特別稀有的寶物——

呃，好像有。寒假時，琳琳和學生們出國遊玩帶回來的伴手禮，他心頭的珍寶——但，那會是瑪格麗想要的東西？

在差不多快十點，第三節課開始前的二十分鐘，窈窕豔麗的身影，從大門緩緩步出。

看見瑪格麗孤身一人，福星鬆了口氣，這樣他就不必想辦法打發瑪格麗的同伴。

不過……她沒有朋友嗎？這樣想想，從瑪格麗來到北校開始，似乎總是獨來獨往，也很少看到她和南校的其他人一起行動。

不像紅葉，不管走到哪，總是會有一群女生跟著她，和她討論著各種少女話題。紅葉和瑪格麗都很漂亮。但紅葉出現的畫面，總會有一群人活絡地簇擁襯托著她。而瑪格麗，則是在空無一物的背景中，孤獨地展現那具有侵略性的美。

當瑪格麗經過花圃時，福星猛地躍出，擋住了瑪格麗的去路。

這突如其來的舉動，讓對方有點錯愕。

「嗨，嗯呃，今天天氣真好不是嗎？」福星傻笑著開口。

瑪格麗認出福星，回復優雅，「你是專程在這裡等我嗎？」

「呃……應該吧……」

「要和我告白？」呵，已經好久沒見到這麼純情又老派的戲碼了。

「不是！當然不是！」福星趕緊撇清。

瑪格麗的笑容略微僵硬，「那，是為了什麼？」

「嗯，這裡不太方便講……可以擔誤妳一點時間嗎？」福星東張西望，深怕被熟人看見。他靠向瑪格麗，壓低聲音在對方耳邊輕語，「我們去西邊的林子裡一會兒如何？」

瑪格麗詫異地挑眉。「大白天的，而且還在校園裡，你確定？」

「呃，是啊。」不然要在教室裡？這計畫可不能讓太多人知道。「不行嗎？」

「呵。可以啊。」沒想到，這看似老實單純的東方小子，膽子挺大的。

「嗯！」沒想到瑪格麗這麼好溝通！看來她人不壞。

於是，完全會錯意的兩人，鬼鬼祟祟地朝向西區的林園前進。

上課時間，西區的林區空蕩蕩的，芬多精的清新飄散在空氣中，舒爽怡人。

福星來到一個隱密的角落，一棵茂密的樹下。

看見這場景的瞬間，福星覺得非常眼熟。

他好像來過這裡，而且很多次……

隱約記得，在這裡好像有不少愉快的經歷，這感覺非常強烈，但他腦中卻一片空白。

好像有個人會在這裡等他，陪他說話。

那個人是——

不．能．想。

時機未到。

唰！

浮現的熟悉感，頓時消散。

大概是他記錯了吧。先辦正事要緊。

「那麼，瑪格麗，我——」福星一回頭，一股迷人的香氣襲來，溫暖的觸感貼上了他的身體。瑪格麗雙手貼在福星胸前，媚態萬千地盯著對方。

「瑪、瑪格麗?!」福星的臉瞬間漲紅，那過分柔軟的觸感，讓他心臟狂跳！「妳、妳做什麼！」

「開心嗎？」瑪格麗輕啄了福星的脖子一記，「代價是要分我一點精氣喔……」

福星覺得脖子上傳來一陣觸電般的酥麻，意識彷彿一點一點地陶醉在某種歡愉的暈眩裡。

喂，克制點。

腦中響起耳熟的聲音，將他拉回現實。

「不、不是的！」福星趕緊把瑪格麗推開，「妳弄錯了！我不是這個意思！」

驟然被拒絕，讓瑪格麗略微不悅。她雙手環胸，冷眼瞪視，「你到底想怎樣？」

「我想……請妳幫我一個忙。」

「要我幫你？」瑪格麗好奇地挑眉，「什麼事？」

「呃，我先說清楚喔，我會這麼做是有原因的，並不是有什麼不良的意圖，也不是為了個人利益，更不是為了沽名釣譽——」

「說重點。」

「我想得到人氣票選的冠軍！」

「所以？」

「請幫我製作夢妖獨門的魅藥！」福星彎下腰，雙手合十，高舉過頭，「拜託妳了！」

瑪格麗愣了愣，接著輕笑。

「我還以為是什麼事……」什麼嘛，聽起來真夠蠢的。「看不出來你這麼喜歡被人注目。真是自戀又虛榮的傢伙。」

「不是的！我只是必須得到那個勳章！」

「動章？」瑪格麗皺眉，「前十名有那麼多你的朋友，他們得獎的話直接借不就好了。」

「呃，我想要自己擁有，而且一直和別人借很不好意思……」

瑪格麗看出福星說的並不是真正的理由，但也不戳破。

「幫你的話，有什麼好處？」

「妳想要什麼，我會盡力去做！」

瑪格麗沉默了幾秒，「成交。記住你說過的話。」

「謝謝！」福星開心地握住瑪格麗的手，「妳真是好人。」

「哼……傻子。」被利用了還不知道……

瑪格麗回寢室一趟，大約三十分鐘後，回到林區。

「這麼快就做好了喔？」

「魅藥的製作並不困難，重點在於夢妖的咒語。」瑪格麗從背袋裡拿出一罐深綠色的瓶子，「藥水本身只是引子和催化劑。夢妖魅藥的獨門之處在於，只有由夢妖吟誦咒語才能啟動效果，施咒者本身也能控制效力的強弱，這算是族裔專屬異能力的一種。」

福星接下藥水，不安地看著深色瓶子中的透明液體，「喝了會怎樣？」

「你會散發迷人的魅力，比夢妖更吸引人的魅力。」

歷史上許多輕易操弄民心的領袖，有好幾個就是使用了這種藥。最有名的，就是在二戰期間，德國那位造成全世界動亂的怪物。

「妳用過嗎？」

「呵，我？不必要。」瑪格麗自信一笑，「況且，平時沒事不需要吸引那麼多注意力。」太多的視線和目光，有時反而會讓人難以行動。

「喝下去我就會變萬人迷？」

「憑你現在的狀況，要是一下子變得迷人，一定馬上被識破。蟾蜍突然變天鵝，瞎子用聞的也聞得出問題。」

「呃。」真傷人。

「我幫你施的咒，會一點一點增加大家對你的好感度，走的是人情路線。讓大家把票投給你是因為喜歡你，而不是迷戀或崇拜你。」

「原來如此。」福星點點頭，由衷地讚嘆，「妳真厲害耶！」

被這樣直接誇獎，瑪格麗一時不習慣，不好意思地撇開頭，「哼，我可是夢妖呢……」

福星嘿嘿傻笑，喝下藥水。

瑪格麗伸出手，放在福星心臟處，吟誦起咒語。紫色的光暈，像漣漪一般，一圈一圈往外擴散。

由掌心傳送出魅咒的能量，一絲一絲地在福星體內構築。

構築。環旋。構築。環旋。構——

嗯？

咒力的傳輸與再建，出現了異常的波動。隱微而不明的擾波。

瑪格麗皺眉。

步驟沒錯，咒語沒錯。一切正常。但能量波進入福星體內後，反送的迴波卻不太對勁。是錯覺嗎？

福星屏著氣，戰戰兢兢地看著瑪格麗的一舉一動。他覺得自己體內好像有股東西在亂竄，不知道這是不是正常的反應。

感覺好像一個不小心就會走火入魔、七孔流血……

福星搖搖頭，停止自己的亂想。

大約十分鐘後，紫色的光暈漸漸減弱，最終消失。

「行了。」瑪格麗收手，起身。似乎是施咒消耗了體力，豔麗的臉蛋略失血色。

福星眨了眨眼，用手摸了摸自己的臉。

「怎樣？我變帥了嗎？」福星努力擺出自己覺得最性感最帥氣的眼神，「妳覺得我怎樣？有被我煞到的感覺嗎？」

瑪格麗失笑，「施咒者對咒語有免疫力。魅藥不會改變人的外貌，況且藥水的效力要到傍晚時才會啟動。」

福星尷尬地吐吐舌，「妳早說嘛……」

瑪格麗拎起背袋，「我有點累，先走了。」

「對了！妳還沒說妳要我給妳什麼報酬？」

瑪格麗停下腳步，「你不用給我任何東西。只是，之後我說什麼話，你都要盡力配合我。我想做什麼，你都必須盡力協助。」

「這樣就好？」好奇怪喔。感覺很容易！

瑪格麗笑了笑，「記住你的承諾。」

福星看著瑪格麗的背影，覺得莫名其妙。總覺得他一年級時好像曾被提過類似的要求……

算了，別想這些。還有一堆事等著他煩惱吶！先想想要怎麼和理昂解釋自己參賽的事吧。

福星趁中午時間，匆匆跑回倉庫。只見寒川暴躁地質問著看似工頭的布朗尼。

「昨夜排班的守衛是哪一個？人在哪裡？不知道?!」

戴著紅帽的布朗尼浮在空中，一臉又氣又無奈地發出一連串高低起伏的叫聲。

「找不到？搜尋過了嗎？他是跑去哪裡打混了？」

紅帽布朗尼向身後的手下問答了幾聲，轉回身，對寒川搖了搖頭。

「搞什麼鬼！」

「寒、寒川，現在怎樣了？」

「值夜的布朗尼失蹤了，從執勤開始就沒有人和他聯繫，所以不知道是幾時不見的。」

「是喔……」

「夜晚巡邏西北角的警衛是哪一個？」寒川對著布朗尼們開口。

兩名瘦小的布朗尼向前了一步。

「昨夜巡邏時有什麼異狀嗎？」

布朗尼互看了一眼，搖了搖頭。

寒川嘆了口氣，「那凌晨三點之後，有任何人出現在倉庫附近嗎？」

布朗尼思索一陣，點了點頭。

「是誰？」

布朗尼在空中比手劃腳，搶著開口。寒川不耐煩地揮手制止。

「是學生？」寒川挑眉，「立刻去和教務組的布朗尼拿全校名冊，找出那個人。」語畢，回頭望向福星，「你搞定了嗎？」

「嗯。」

寒川上下打量了福星一陣，「感覺沒變啊？怎麼還是一臉笨相？」

「要到傍晚才會生效啦！」真是看不起人。「現在進行得怎樣了？」

「我把精靈寶石放入盒中，讓盒子關上。畢竟封盒是從結晶汲取能量，維持結界運作。至於織帶的部分，我已經派式神發訊息給離夏洛姆最近的火妖精工匠，三天內可以完成。」

「是喔……」

「好了，現在有時間，剛好有些問題要問你。」寒川臉色轉為嚴肅，「你身為傳遞員這件事，有誰知道？」

「還頗多的耶……」除了寶瓶座裡的人，還有洛柯羅、翡翠、布拉德……當然還有理昂。寒川低咒了聲，「你搞什麼鬼！幹嘛這麼愛炫耀啊！」該死，這樣要鎖定目標更困難了！

「我又不知道東西會被偷……」

「有人向你打探過有關勳章或封盒的事嗎？」

「沒有耶……」

「那麼，你有告訴別人勳章或封盒的事嗎？」低沉而細微的話語聲從倉庫的一角響起。

福星循聲望去，只見了夜正蹲在長沙發的後方，盯著黑羽兔，寒川的式神。他拿著一枝華麗誇張的羽毛筆，在黑羽兔前揮來揮去，對方則慵懶地趴著，完全無視了夜的逗弄。

「你在這兒啊？」

「他從早上就待在那裡了。」寒川沒好氣地哼聲，「原本他一直站著按氣泡紙，我受不了那噪音，就召出式神打發他，總算是安靜了。」

子夜盯著黑羽兔，「寒川……」

「幹嘛？」

「人家說寵物會像主人。」

「那不是寵物！」

「你的兔子好像挺笨的……」一點反應都沒有。

「你說什麼！」

「子夜，你那招對貓咪才有效啦！」

「福星，你還沒回答我的問題。」子夜繼續低語，「你有告訴誰動章和封盒的事嗎?有人知道封盒的運作和動章上精靈結晶的真正效用嗎？」

「當然沒——」話到嘴邊，忽然停止。

有，有一個人知道。

有一個人看過寶瓶座的文件，知道封盒的來歷與運作方式，知道動章上精靈結晶的所有資訊。

他的室友，理昂。

「怎麼？有線索？」寒川發現福星的異樣，立即追問。

「呃，沒有，只是想到我下午有作業要交。」

不可能是理昂。

文書是他自己主動拿給理昂看，並不是理昂要求的。

但是，在那之前，理昂確實表現出對勳章的高度興趣……

不、不對！如果理昂真的是小偷的話，那何必拜託他幫忙贏得比賽？

方才飛出去教務組的布朗尼，抱著一疊學生名冊火速飛回。

布朗尼對著寒川叫了幾聲，把名冊攤開，枯瘦的長指用力地指著頁面上的一隅。

寒川、子夜、福星同時湊近，盯著布朗尼指尖的頭像。

照片中的人有著蒼白的皮膚、凌厲而內斂的目光、緊抿的薄唇、黝黑而俐落的短髮。

他的室友。

理昂．夏格維斯。

傍晚時分，太陽隱沒入地平線，只剩些許餘輝攀黏在天幕上，等著被濃密的夜色染覆。

待在寢室中的理昂，被一陣有節奏的敲門聲喚醒。

帶著被打擾的下床氣起身，開啟門扉，只見掛著和煦笑容的希蘭站在門口，一身與他陽光般氣質不符的深黑色勁裝。

「什麼事？」

「白三角有動作了。」希蘭將一份卷宗拋出，理昂橫空接下。「上面是相關訊息，你有十分鐘的時間準備。直接到外出的時空傳送門集合。」

理昂點點頭，闔上門。

終於等到了……

他的宿敵，淨世法庭的雜碎！

恨意和悲慟襲上內心，深色的眼眸轉為危險的殷紅。

理昂走向床區，換上深色外出服，背上特殊的皮製背帶，打開櫥櫃，冰冷的金屬光芒映上蒼白冷酷的面容。

正當理昂將兵器一一安置到背帶與腰帶上時，寢室的客廳傳來開門的聲響。

理昂從那笨拙的腳步聲認出，來者是他的室友，福星。

「理昂，你要出去？」福星站在理昂的床區外側，好奇地詢問。

「嗯……」理昂繼續著裝備的動作，冷聲回應。

「現在還這麼早……沒問題嗎？」

「是公務，不是私自潛出。」理昂頭也不回地簡短回應。他並不打算透露太多有關偵查白三角行動的事。

殺戮和復仇什麼的，太過黑暗，他不想讓福星知道太多。

他不想染黑了福星的單純與天真。

「是喔……」福星點點頭，有點難以啟齒地開口，「理昂，我要和你說一件事……」

「嗯？」

「呃，我可能沒辦法幫你在人氣票選拉票了……」

「嗯。」理昂不以為意，繼續著動作。他猜想，福星八成被拖去幫忙其他事，比方說班級的攤位，或是寶瓶座那邊的雜務，所以分身乏術。

「還有，」福星深吸了一口氣，「我也要參加人氣票選……」

理昂的動作停頓了一秒，但仍沒太大反應。

「很抱歉，真的很抱歉……」福星低著頭，不斷低語，「但是我真的必須參加……」

理昂沒回應，靜靜地等著福星主動說出理由。他知道，福星總是會嘀嘀咕咕地把心裡所有的話、所有的事講出來，不管對方是否想聽。

「嗯，就是這樣，希望你能諒解……」

理昂微愕。

就這樣？那冗長又瑣碎的說明與自我剖析呢？不打算解釋理由？

「無所謂。」理昂冷聲回應，但心中隱隱有種自己也不太理解的不悅感。「我很意外，你哪來的自信。」

話語方落，連理昂自己都感到訝異。他在說什麼啊？

「嗯……」福星悶悶地應了聲。

理昂會生氣也是當然，畢竟自己答應他在先，現在不僅毀約，甚至還變成競爭對手。

「還有，理昂，這幾天我可能偶爾會住在倉庫那邊，和寒川還有子夜處理討論一些事。」

「所以呢？」理昂關上櫃門，「你的事與我無關——」拎起裝備，回頭。福星的身影映入眼中。

一股怪異、難以言喻的感覺襲上心頭，罩上腦中。

搞什麼？

理昂低下頭，撫著額角，覺得有種若有似無的暈眩。有種東西，悄悄地潛入他的意識裡。

「理、理昂？」

理昂抬起頭，望著福星。

莫名其妙的詭異情愫像倒入水中的顏料，迅速渲散。

他緩緩地伸出手，搭上福星的肩。

「呃?!」怎麼了？

「不准……」不准離開……

「什、什麼？」

理昂頓了頓，甩了甩頭，看起來已回復成以往的冷靜。

「你要參加票選？」

「呃，是……」

「要住在倉庫？」

「呃，是。」

「和寒川還有子夜？」

「呃是——」

「哼。你似乎很受歡迎？很享受這種被人簇擁的感覺？」

「什麼？」

「身為寶瓶座的幹部，又幫學校解決了不少事。已經陶醉在那淺薄又虛榮的名聲裡了，賀福星？北校的同學、南校的校友，還有剛入學的蠢貨新生，似乎都有你的擁戴者？」理昂冷嗤，聽起來極度不屑。

「我沒——」

理昂忽地揪住福星的衣領，將他拉到自己的面前。

福星驚愕地瞪著理昂，不敢妄動。

「沒有？」理昂伸指，勾開福星的衣領，「解釋一下這唇印是怎麼回事？」

福星低頭看了一下，認出那是瑪格麗留下的。

理昂低下頭，嗅了嗅，露出厭惡的表情。

「你的身上有淫夢妖的味道。」理昂深色的眼眸，陰冷地射向福星，「你這該死的傢伙……」

福星突然有種錯覺，自己好像變成午間劇場裡、被妻子逼問行蹤的出軌丈夫。

「理、理昂，這是——」福星停頓了幾秒，「呃，理昂，你在吃醋嗎？」

下一秒，福星看見了相當罕見的奇景。

蒼白的闇血族，臉孔瞬間漲成粉紅色。

理昂將福星重重甩開，拎起裝備袋。

「理昂，我——」

「你的死活不關我的事！」語畢，甩上門，傲然離去。

福星呆愣在地。

他第一次看見理昂這麼激動、這麼多話。

藥效發揮了？

這、這哪是增加好感度的咒語？太詭異了！還是說，這就是理昂表現好感的方式？真是具有衝擊力啊！

啊，他還沒問理昂昨晚的事。唉，看現在這種狀況，要問也難了……

福星正要回到床區時，腳下踩到某個異物。低頭一看，是個卷宗。

是理昂的東西？上面有寶瓶座的圖徽，理昂也加入寶瓶座了？

卷宗上印著的紅色禁令，挑逗吸引著持有者開啟閱覽。福星拿著卷宗，內心掙扎了幾秒，最後放棄。

好奇心會害死一隻貓。

他是蝙蝠，沒差。

理昂離開寢室，前往時空傳送門所在的大樓。希蘭已站在門口，整裝以待。

「你遲到了。」

「少囉嗦！」理昂逕自推開大門，步入屋中。

希蘭挑眉。他沒看過內斂沉冷的理昂這麼直接地表現情緒。

但希蘭相當識相，並不多問。

希蘭和理昂進入屋中，走向結界中央的時空轉換室。

「地點是法國馬賽。港口的貨櫃區被人發現打鬥的痕跡，原本住在那附近的海妖也失蹤了。」希蘭趁著傳送門運作的同時，和理昂解說。「這是兩個小時前發生的事。」

「所以，白三角可能留在原地？」恨意讓理昂擺脫異樣的情緒，回復森冷。

「是的。」

也就是說，與敵人最直接的戰鬥，很可能發生。

理昂勾起陰冷殘酷的笑容。正合他意。

時空轉換室上的符文閃起強烈的綠光，然後像雷電一般從四面八方導入刻在地面、牆上、屋頂的魔法陣上，轉換室裡的人，在同一時間被傳送到地面上另一個空間裡。

理昂和希蘭離去後，屋裡回復昏暗與寂靜。

然而，五分鐘後，有個鬼鬼祟祟的身影笨拙地從房間另一隅的備用後門偷偷潛入。

是……這裡嗎？

入侵者悄悄地走向中央的傳送室，試探地敲了敲門。

「呃，裡面有人嗎？」

回應他的是一片沉默。

嗯，又不是廁所，好像不必這樣。

打開門，小心翼翼地走入。門扉順勢關上。

下一秒，符文閃爍起綠光，導入地面方陣，激起一陣電光。

空間傳送完畢。

法國．馬賽。

夏夜的涼爽海風拂過港灣邊的城鎮，空氣中飄浮著海洋的鹹味與清爽，燈火將地中海岸綴上碎鑽般的點點光彩。

此處從公元前六百年開始便是交通要塞，古老的都城不僅記錄了人類的繁華，也是特殊生命體密集活動的重要據點。

時空傳送門在此區的轉換口偽藏在岸邊其中一艘漁船裡——距離本次受害者不到兩公里的距離。

希蘭抽出手機，按下專線號碼，不到兩秒立即接通。

「夏洛姆偵查員已抵達現場待命。請給予指示。」

「警備隊搜查過海妖路易．吉勒的住所。推測白三角正往第一區聖文生教堂的方向移動，請前往支援。交通車停在港口外側停車場，已刻上標記咒語，可以直接使用。」

「明白。還有什麼注意事項？」

「努力讓自己存活。」語畢，通話立即切斷。

希蘭收起手機，「去聖文生教堂。」

理昂點點頭，正要準備起步時，一陣細小的騷動聲抓住了他的注意力。他停下腳步，迅速抽刀，警戒地旋身，朝後方不遠的音源處衝去。

「是、是我啦！幫幫忙啊！這船怎麼停得離岸這麼遠！」

熟悉的聲音響起。理昂愣愣。

只見福星笨手笨腳地跨過船緣，手腳並用，半爬半跪地攀向碼頭。

然後一個重心不穩，墜落水中。

「救命啊！」

「你搞什麼鬼！」理昂咆哮著收回刀，蹲下，像是拎垃圾一般，伸手抓住福星的衣領，將他揪上岸。

「怎麼了?!」後來跟上的希蘭，見到福星也錯愕，「福星?你怎麼會在這裡?還有，你……」

暈眩襲上希蘭，他突然發現，自己無法對福星生氣。

甚至，福星在身邊，讓他覺得很舒緩愉快。

怎、怎麼回事?

福星蹲在岸邊，心有餘悸地喘了兩口氣之後，抬起頭，尷尬地抓了抓濕溽的頭髮，「嘿嘿……不好意思……」

他本來是擔心理昂胡來，所以想偷偷跟蹤，在暗中保護他親愛的室友。

不過跟蹤計畫不到五分鐘就破局了。

「你想死嗎！你以為我們是出來玩的?!白三角的人馬還在這附近！你這種三流精怪出現在這裡等於是自殺！」

希蘭看著理昂，一方面對理昂失控的情緒表現感到訝異，另一方面也對理昂厲聲斥責福星感到不滿。

「你沒必要用這種口氣和他說話……」希蘭幽幽低語。

「我沒必要聽你的命令。」理昂冷厲回視。

福星傻愣愣地看著兩人，「呃，抱歉，我聽不懂德語……」出了學園，離開語言魔法的庇護，此時的他完全無法和其他人順利溝通。

聽見福星以華語回話，理昂想起福星的語言障礙，怒火更加上升。

「你不能使用德語？」希蘭驚訝地看著福星，「精怪不是具有語言天賦？」

「他的天賦是製造災難。他只會華語，沒學過的語言就完全不會，和人類一樣。」理昂冷聲解釋。語氣中有一絲得意，彷彿對於比希蘭更加了解福星而自豪。

希蘭皺眉，不甘示弱地以帶著濃厚口音的華語，對福星開口，「你怎麼來這裡的？」

聽見熟悉的語言，福星宛如抓住浮木的溺水者，「我擔心理昂，所以就跟在他後面。我看你們進了時空轉換室的大樓，就好奇地跟著進去……沒想到會跑來這裡。」

「大門警衛讓你進去？」

福星不好意思地開口，「我從後門進去的，我有備份鑰匙。」

寒川忙著處理勳章的事，下午時將備份鑰匙交給福星保管，方便他人租借用具或教室，結果晚上就被福星拿來物盡其用了。

「是誰幫你啟動時空傳送咒？」

「啥？我不知道耶？我進了大樓之後，看見時空轉換室的門是關著的，想說看看裡面有沒有人，結果一進去門就自動關上，再一次開門的時候就到這裡了。」

希蘭詫異。

時空轉換室不會無故啟動，何況操作咒語會消耗大量咒力，啟用之後有二十分鐘的冷卻期，照理說不可能這麼快就運轉……

是故障了嗎？福星一使用就故障？

希蘭盯著一臉憨呆狼狽的福星，心頭隱隱不定。

總覺得……許多混亂都和福星扯上關係啊……

是碰巧嗎？

「該走了嗎？」理昂不耐煩地出聲，「叫他留在這邊不要亂跑。」

「他必須和我們一起走。白三角可能會出現在這，夜晚的港邊本身也不安全。」

「的確，這傢伙被人類搶劫的機率很高。」

兩人難得達成共識。

「呃嗯，現在是？」

「跟在我們後面，福星。不要亂跑。」希蘭柔聲安撫，「不用擔心，我們會保護你的。」

「喔，好……」

「還有，」希蘭脫下外衣，輕柔地將它披上福星的肩，「穿上。雖然是夏天，馬賽的夜風還是會讓人覺得寒冷。」

「但是我身上濕濕的，會弄髒。」這衣服光是摸質料就知道價格不菲。

希蘭漾起陽光般的笑容，「沒關係。」

「結束了？」理昂不耐煩地出聲，「現在出發或許剛好趕上幫警備隊收屍。」

希蘭不以為意地笑了笑。

三人往停車場移動。被標記的車子上方浮著幽藍色的新月形光暈，只有特殊生命體才見得到的符紋標示。特殊生命體警備隊，輝夜巡守的標示。

到達繁榮的第一區，夜晚的遊客三三兩兩漫步街頭。希蘭將車子停在不顯眼的巷中，接著領著他們走向街上的一間小咖啡廳。

「福星，你在這裡等我們。」希蘭讓福星坐在窗邊的位置，「晚點我會派人來接你。」

「喔，謝謝！」

「肚子會餓嗎？」

「還好……」

希蘭笑了笑，逕自走向櫃檯。

趁著希蘭離開的空檔，福星看向理昂。

他有許多話想問理昂，有許多話想對理昂說，但被語言隔閡，說了也是枉然。

理昂看著福星，眼神複雜。生氣、惱怒，還有——明顯而罕見的擔憂。

「理昂……」

「哼。」理昂瞪了福星一眼，忽地從衣服內袋抽出個東西丟到桌上。

是兩把短刃，從稍微鬆脫的刀鞘邊緣閃露出冷冽的鋒芒。

福星趕緊將刀收到桌面下。幸好位在角落，客人也不多，因此沒人注意。

「理昂！你做什麼——」

「……多小心……」理昂生硬地吐出不流利的中文，「死……不可以。」

福星眨了眨眼。呃？理昂會說中文？理昂在關心他?!

理昂皺起眉，不知為何惱怒地低咒著，率然轉身走出店家。福星隱約看見理昂頸子的背面，變成淡粉紅色。

希蘭回到福星身邊，「我已經付帳了，等一下想吃什麼直接和店員說。他們裡頭有個華裔員工，溝通上不會有問題。然後這支手機給你，等我的電話。」

「嗯，謝謝。你有兩支手機喔？」福星端詳著手中的智慧型手機，比他原有的那支高級好多倍！

希蘭笑了笑，「剛剛向老闆買的。」人類世界的好處就是，金錢往往能解決許多事。「理昂呢？」

「出去了，」福星向外看了看，「他在門口。」

希蘭聳了聳肩，嘆了口氣，「真是麻煩的搭檔……」

出了咖啡廳，兩人火速朝目的地前進。

「上一則訊息傳來，警備隊員和白三角在聖文生教堂東北方七百公尺處有交火。」希蘭看著手機，「兩分鐘前的事。」

理昂皺起眉，轉身彎入巷中左右張望，確認無人後，向上一跳。

「走上頭。」

語畢，理昂一層一層飛躍向最高的屋頂處開始狂奔，在深夜裡翔躍。彷彿融入了夜風之中，巧妙地棲身在屋宇間切割出的暗影裡，無聲遊走。

這是闇夜的子民，闇血族的本能。

希蘭苦笑，輕喚旋風，一鼓作氣躍向屋頂，追上理昂的腳步。

「你太寵他了。」理昂低語。

「你在說什麼？」希蘭裝傻。

「哼……」

「和福星住在一起還習慣嗎？」希蘭突然發問，「獨來獨往的你，有這麼聒噪又煩人的室友，想必相當困擾吧？」

「你也差不了多少。」

「把福星換宿，如何？」希蘭淺笑，「這點小事，身為副會長很輕易地就能解決。你覺得呢？」

「無所謂——」理昂驟然停語。

他聞到血的味道。精怪的血味、海妖的血味、人類的血味。

目光聚焦，瞳色轉為殷紅，視力強化。

高聳的哥德式教堂東北角八百公尺處，負傷的警備隊員，正與白三角死戰。

Chapter04

學園祭的媚色騷動

SHALOM ACADEMY

巷弄深處，垃圾車和廢棄物雜亂地堆擺在道路兩側，民宅和商店的後門緊閉。幽暗的路中，兩名穿著黑色皮衣的人影，和另外四個穿著白色外衣的人，激烈地攻守往來。

白三角與輝夜巡守戰鬥。攸關生死存亡的激戰。

道路的不遠處，三名穿著白衣的人癱倒在地，鮮血將衣服染上不規則的殷紅。另外一旁則有個穿著休閒服的男子背靠著牆，劇烈喘氣。

男子的耳朵化為藍綠色的鰭狀，頸部、臉部遍布著點點的細小藍鱗。

著黑衣的其中一人手掌冒出尖銳的利爪，另外一人則是甩著帶有毒刺的長尾，兩人身手矯健，但都已負傷。

正當白三角抽出帶著利刃的銀鎖鍊，同時迎向被逼聚在一起的輝夜巡守時，突如其來的狂風將鎖鍊的動線打亂，將之甩打釘入兩旁的牆中。

穿著黑衣的後援者降臨。希蘭翩然躍下，擋在輝夜巡守前方。理昂則一馬當先地揮著雙刀，甫落地便與白三角短兵相接，有如黑夜中狩獵的死神，毫不留情地斬殺著目標。

「動作真慢……」狼族巡守對著希蘭冷斥。

「抱歉，出了點意外，目前情況如何？」

「苦戰。」

「指令？」

「殲滅所有看得見的敵人。」

希蘭輕嘆，接著勾起微笑，召喚起薄如利刃的真空風片，朝著白三角射去，有如帶來毀滅的末世天使，展開殺戮。白三角節節敗退，其中兩名被理昂的刀劃開咽喉，一名被希蘭的風刃割得遍體鱗傷，幾乎無法行走。

「別全殺死，要留活口。」蹲在一旁為受傷海妖治療的蠍精出聲提醒。

「只要嘴和腦留著就夠。」理昂回應的同時，斬下了殘存者的手臂。

對方發出慘劇的哀號，跪倒在地。

「二十四年前海德堡人肅清的主使者是誰？」理昂居高臨下冷聲質問。

失去手臂的男子用力喘著氣，但仍然高傲地回瞪理昂，「去死……陰獸。」

理昂將刀尖用力扎入對方大腿，將他釘在地面。

「你還有一隻手、一條腿、一雙眼以及完整的內臟。我們可以慢慢來。」

「理昂，別——」希蘭正要阻止，卻被蠍精的慘叫聲打斷。

眾人回頭，只見蠍精倒在地上，頸肩的肌膚黑化，有如遭烈燄燒灼。旁邊不知何時竟出現了一名渾身慘白、呈半透明的女子。

女子的雙手雙眼皆以寫滿符紋的繃帶纏裹，右手的掌心流轉著黑色的雲霧。

「該死，是咒靈，他們派出役魂師！」

不到幾秒內，一隊白衣人從巷弄的另一端湧入，朝著戰場前進。

「撤！」狼族巡守發令。他一肩扛起負傷的隊友，另一手正要拉起海妖時，一道銀鎖鍊射來，將海妖捲縛拉離。

「嘖！」狼族巡守見海妖被捲入白三角隊員手中，咒靈也朝他逼近，只能放棄救援。「分散行動！活著的話再回報！」語畢便背著隊友，朝巷弄的另一頭奔離，隱身沒入彎曲交錯的巷道裡。

理昂抽刀躍起，同時朝白三角們拋出數把短刃。金屬碰撞聲和慘叫聲同時響起。但在攻擊的同時，防禦出現破綻，十字型的尖錐朝他背部而來。

「唰！」強勁的風壁將尖錐斬落，落地發出輕脆聲響。

「小心點，」希蘭笑望著理昂，「你和福星一樣要人費心照顧呢。」

「多事……」理昂冷哼，高速奔離現場，「快去接那個蠢貨回學園！」白三角後援越來越多，雖然他並不懼戰，但他不想讓福星受到波及。

希蘭笑了笑，拿出手機，臉色驟變。

「怎麼了？」

「我在福星的手機上設了偵測咒。」希蘭深吸了一口氣，「他現在正往我們這個方向移動……」

理昂皺眉，狠狠地爆了個極粗鄙的字眼。

「快走！」

輝夜巡守與理昂等人撤離後，淨世法庭的成員們留在原地，評估災情。

靠著來自高層的人脈與權力封鎖了現場，杜絕凡人窺測隱於世的現實。救援車駛入，救不回任何生命，只能將伙伴的遺體覆上白布，一具一具裝入車中。

雖敗猶榮，戰死是淨世法庭最高的動晁。

領隊長拿著手機，一面聆聽下屬報告，一面將訊息回報給上級。

「出現陰獸五隻，一隻已『回收』，兩隻重傷往北逃離，後來加入的那兩隻往西南角移動。」片刻，停頓了幾秒，「更正，北向陰獸，一隻重傷，一隻死亡。」男子看著手中的錶盤，一點微弱的光線閃了兩下，熄滅。

「表現得很好。辛苦了。」話機傳來男子的讚許聲。

「慢著，還有一個！」畫面中西南角，一個光點緩緩地走著詭異而紊亂的路線，朝東北角前進。「在您附近，斐德爾大人……」

「交給我。」

福星坐在咖啡廳，極度不自在。

理昂和希蘭走沒多久，他發現，咖啡廳裡的人開始注意他。

先是斜對角那一桌的女大學生，接著是右後方的兩個上班族男性，然後是後來入店、拎著藤編提籃的紅髮中年大媽，以及吧檯邊的中年男子，全部都偷偷地打量他。

服務生不斷來加水，老闆親自送上許多免費的招待小菜，讓他吃到想吐。

還有一名長相豔麗的熟女，不斷藉故上廁所繞經福星的身旁，次數之頻繁、動作之明顯，連遲鈍的福星都發現了。

那女的是得了痢疾嗎，怎麼一直跑廁所？

呃，不對。好像怪怪的……

當他的目光不小心和女大學生四目相交時，對方害羞地低下頭。

望向吧檯，雅痞斯文的男子毫不掩飾地舉起酒杯，向福星隔空敬酒。這個舉動引起店內其他人一陣不悅的低吟。

紅髮大媽像下定決心般，鬆開頭髮，解開胸前兩顆釦子，露出深邃的事業線，一臉狂野渴望地朝福星的桌位移動。

福星趕緊站起身，逃奔出店外。

他在街上奔走，路上的行人紛紛轉頭望向他，像是發現巨星出現在街頭的粉絲一般，以熱切的眼神盯著他，有幾個人甚至企圖走向福星，和他互動。
搞什麼鬼！難道是瑪格麗的藥水造成的？不是說增加好感度而已？
福星轉入小巷，漫無目的地奔走。交錯縱橫的巷道，讓他成功地甩開注目的人群。
呼……
好像沒事了。趕緊打電話給希蘭——呃，他沒有希蘭的電話。
一股茫然而無助的慌亂將他籠罩。
理昂……快回來吧！
福星突然想到，寒川要他找尋夏洛姆之星的下落，他還沒開始進行。原本在學園內，情況已經很不妙了，沒想到他竟然還能讓自己落入更糟糕的處境。
夏洛姆之星，真的是理昂拿走的？這樣的話，理昂不就欺騙了他……
期待與懷疑，兩種矛盾的情緒在心中拉扯。
倏地，貼著布符的銀鍊網落下罩住福星，硬生生打斷他的思緒。
「什麼?!」是剛才那群人嗎？竟然還用網子？這是什麼先進的玩法?!該死的，他真的非常不希望某些器官被不當開發！
「逮到你了，陰獸！」
福星驚恐地站在原地，瞪大了眼，直覺地將手高舉，「不要搶我，我沒錢！」然後趕緊背向牆壁，小步小步地讓自己背貼著牆，以免劫財不成，反被劫色。

對方好奇地看著福星，「宮廷廣場的小子？」

福星抬頭望著對方，覺得有點眼熟。「什麼？」

「看來你的外語還有待加強。」男子轉用華語，「還記得我嗎？我們在斯圖嘉見過。」

「喔喔！好像是！」

「這次是馬賽？轉攻法語了？」

「嘿嘿，我都在玩啦……」福星想起自己對外宣稱的遊學生身分。抓了抓頭，不好意思地傻笑。

男子看了看羅盤，赫然發現畫面出現雜波，光點忽明忽暗，亂閃了一陣，之後歸於黑暗。

「又壞了？」上回才拿去研發組維修，應該不可能有問題的。

男子謹慎地盯著福星，一手握著羅盤，另一手插入口袋，握住藏著的銀刃，不敢貿然行動，「你……會覺得痛嗎？」

「不會啊。」福星扯下銀鍊，好奇地握在手中研究。「好精緻的網子。」

男子見福星安然無恙，自嘲地笑了聲，伸出口袋中的手，將網子收回。

「這網子是要做什麼用的？」

「追捕……某些東西。」

福星了然於心地點點頭，「沒想到你是衛生所的人？」

男子愣愣。「什麼？」

「不是在捉捕流浪犬嗎？」不然幹嘛在都市裡撒網？

男子失笑，「算是吧。」

但，他所追捕的，是更加危險、更加邪惡的存在……

「你怎麼在這兒？」

「嗯……呃，我和伙伴分開行動，我好像迷路了。」

「又迷路了？」男子上下打量了福星一會兒，「你看起來好像變得……不太一樣。」

說不上來是哪裡改變，總之，讓人——

非常憐惜，令人想保護……

急促的電子鈴聲響起，男子接起電話。

「我的偵測儀又壞了。現在情況怎樣？」

「目標往西南角移動，在你所在位置隔兩個街區。」話筒的另一方停頓了一秒，「我方再度損失三人……」

男子臉色驟變，和善親人的笑容瞬間消散，化為令人打顫的嚴寒。

「呃，你在忙嗎？那我不打擾你了喔。」福星被對方的表情嚇到，想要迴避。

是怎樣？難道有人被野狗咬了？多麼凶惡的流浪犬啊！

「不，這裡現在很危險。」男子牽起福星的手，「你和我一起行動。」

福星愣了愣，有點猶豫，但一時間也沒別的選擇。況且對方似乎不像其他人那麼瘋狂，待在他身邊比較安全。

在希蘭打電話來之前，他還是先和這位仁兄一起行動好了。

男子牽著福星，快步地在巷中穿梭，期間不斷地用手機和伙伴聯絡。那認真冷峻的模樣，讓他想到了理昂。

「你叫什麼名字？」福星好奇地問。

「斐德爾，你呢？」

「賀福——」

「唰砰！」黑影從天而降，旋起，將福星捲入，同時，一只短刃朝斐德爾的位置射去。

斐德爾敏捷地閃開，怒視著不速之客。

「陰獸！」

斐德爾抽出插在腰間的槍，朝對方射出銀彈。

福星被推向一旁。黑影同時揮舞長刀，硬生生地將子彈斬落。

一來一往發生於轉瞬之間，福星暈頭轉向，完全搞不清楚狀況。

怎、怎麼回事？

是理昂？

溫熱的手搭上了福星的肩，「沒事吧？」

福星回頭，只見希蘭一臉擔憂。

「沒事。」怎麼了？

希蘭露出放心的微笑，「閉上眼睛。」

福星照作。

下一秒，希蘭從隨身包中抽出閃光彈，扔出，一時間強光迸射。

斐德爾來不及防禦，眼睛受劇烈刺激，低咒了聲以手遮眼。理昂則趁機衝過去將對方擊倒在地。

他本想一刀殺了對方，但他看得出這男人剛剛一路讓福星走在自己身後，小心地保護著他。雖然理昂不知道為何白三角會保護福星，但衝著這點，他當下沒痛下殺手。

「讓你晚點死。」理昂對著跪在地上的斐德爾冷聲嗤笑。

接著三人躍向空中，召喚風靈。透明的元素守護神扶舉著三人，將之疾送向時空轉換室所在的港邊。

斐德爾勉強地睜開眼，撐起身，拿起掉落一旁不斷發出聲響的手機。

「斐德爾大人！」

「我沒事。」斐德爾坐在路旁，喘了口氣，「陰獸帶走了人類，我們有人質在他們手上……」

話筒的另一邊傳來難過的嘆息，「剛剛的陰獸裡有血族。那人大概沒多久就會被當成糧食處理。我們沒辦法救他……」

斐德爾咬牙，自責地握拳，用力搥地。

是他害的……

「立即回本部。」

羅馬城內法爾西納濱河大道上，河對岸的聖母堂旁，純白色的歌德建築外觀崇高而華美。偽裝成修道院的淨世法庭，宛如影子般蹲踞在梵蒂岡東南角。亦如其存在的意義一般，靜默地在夜中揮舞著刀，揮灑著血，守護生活在無知的和諧之中的同類。

外觀是十尺左右的挑高古典教堂，然而地面下卻深達七層，為淨世法庭真實的所在之處。

通過層層關卡和守衛，斐德爾搭乘可直達法庭核心、通往地下第七層聖所的電梯。

電梯門開啟，映入眼中的是純白而寬敞的大廳，大廳正中央隆起一座階梯式的高臺，臺中央擺放著一只巨大的乳白色雕像。由大塊白玉髓精琢而成的獨角獸，昂首跪坐，威儀凜凜的面孔前，擺放著衡斷善惡的大秤。

雕像正後方的地面上嵌著三角形的水池，宛如明鏡，池邊矗立著一個頎長的身影。有著宛如雕琢般精緻臉孔的男子，黑色長髮紮在腦後，靜盯著無波的水面。看起來不像人類，反而帶著點妖異的詭魅。

淨世法庭第七十七代聖庭宗長，伊利亞，與聖經中先知同名的領御者。

歷代聖庭宗長皆由同一靈魂不斷轉生，有著相同的特質。

不管是出生在任何種族的家庭，由何種樣貌的父母所孕育，宗長總是擁有純黑色的頭髮、深紫色的瞳眸，以及清麗的容顏。雖然擁有不同的個性和人格，卻傳承著一世一世累積起來的記憶。

每代宗長都各自擁有超於凡人的能力，有的是記憶力，有的是體力，有的具有強化五感，有的則是能讀心。宗長的超能力不出這幾類，隨著世代轉生交錯出現。

唯獨現任宗長的能力，以往未曾出現——

預知未來。

「宗長。」斐德爾恭敬走向男子。「任務結束。」

「結果如何？」伊利亞淡然開口。

「擄回陰獸樣體一隻。一隻重傷，三隻逃走。」

「我方損傷如何？」

「五軍第七小隊……剩三人歸返。」其餘陣亡。

伊利亞沉默數秒，「把他們的名字刻在慰靈碑上……」

第七十七代的宗長，以鋼鐵般的態度，和超乎傳統的手段，讓淨世法庭在聖戰中得到了更多的勝利。或者說，降低了失敗的次數，減少了被殲滅的機率。

「是。」

「然後，抽出魂魄，製成咒靈。」伊利亞平淡開口。

強硬極端的做法，也是取勝的關鍵。

斐德爾微愕，不太確定地開口質疑，「為何不讓死者安息？」

「淨世法庭的侍衛，即使死了也要為世界戰鬥。況且，成為咒靈後，就擺脫了死亡的束縛。」

「……」

「我有預感，終戰的號角即將響起。」

這是他感受到的神諭。

所有的一切，將在近期內終止。

詭譎莫名的混沌，將一切吞沒，消滅所有爭戰。

但，他不確定，這曖昧模糊的沖諭，是暗示滅亡還是勝利。

「樣體呢？」

「已帶去處理成魂玉，馬上會製造成新的小型狩儀。」

狩儀是第七十七代宗長發明的器具。

在特製羅盤內，置入結合祕咒與科學的儀器，並嵌入陰獸的靈魂結晶，作為運轉核心。

然後，陰獸的靈魂結晶會與同伴產生共鳴，顯示在偵測儀上，但只限定在方圓五公里的範圍內。

「不了。」伊利亞走向殿堂的另一隅。

一顆直徑約兩公尺的巨大玻璃球體懸在空中。玻璃的表面上畫滿了白色符紋，表面嵌著大大小小有如蛋白石般的圓珠——魂玉。

玻璃下包著另一顆稍微小一點的半透明靛藍球體，上面縱橫著經緯，儼然是地球的縮影。

還差幾隻……巨大的狩儀即將完成。

屆時，全世界的陰獸將呈現眼前，無所遁形。

那便是世界得以肅清、淨化的最終之日。

傳送門運轉，停止，開啟。離開地中海的涼夜，回歸到阿爾卑斯山上的夏洛姆。

「我去會議廳向上級回報。」希蘭看了看福星與理昂，「福星同行的事，我覺得不用讓其他人知道。」

理昂不語，表示默認。

「下回見。合作愉快。」希蘭經過理昂身邊時，壓低了聲音開口，「剛才的提議，你可以好好考慮。」

理昂冷哼。轉身，打開轉換室的門，逕自往宿舍前進。

福星趕緊加快腳步追上，「理昂……」

「哼。」

「你生氣了？」

「生氣？」理昂輕笑，「為了你的愚蠢生氣？為了你不顧自身安全貿然在白三角潛伏的街道上亂闖而生氣？還是為了你干擾行動而生氣？」

「我又不是故意的，咖啡廳裡大家都在看我，街上的人也是！很奇怪啊！」

理昂以怪異的眼光瞪著福星，「你的自我感覺未免太良好，該不會喝了酒吧？」

「才不是，那是因為瑪——」福星趕緊閉嘴。

魅咒的事差點就說溜嘴。

「怎樣？」

「沒有……」

哼，說到喝醉，理昂才沒資格說他吧。

晚風讓福星打了個噴嚏，他下意識地拉了拉披在身上的外衣。

希蘭的外套。

理昂瞪著福星，厭惡感再次油然而生。

「你很弱。非常弱。弱者就該有自知之明，不要讓自己身陷險境。」理昂冷冷開口，「想自殺的話，並不是每個人都有閒幫你收屍。」

福星低下頭，弱者一詞刺中了他心中的芥蒂。

「……我只是擔心你而已。」語畢，福星拖著落魄的背影，緩緩移向共同教室。

看著福星的身影，理昂咬牙，惱怒地發出一聲低吼，旋身潛入夜色。

夜晚七點，正值晚休時間結束。校內的各要道上布滿準備上夜課的學生。福星走在通往宿舍的路上，立即感覺到眾人關注的目光，但幸好不像在馬賽街道上那麼熱切。

眾人關注的目光裡，摻雜著些許的困惑，似乎對於自身被福星吸引這件事，感到有點訝異，卻又感覺不到任何的異樣。

打開共同教室的門，二C的同學們已在裡頭。珠月站在前方引領著會議，布拉德則是像護衛一般坐在講臺邊，魄力十足地維持著秩序和會議進行。移動黑板上寫滿了人員分配。

福星悄悄地進入，來到他最常坐的位置。

「討論到哪裡啦？」福星強裝笑容，低聲向一旁抱著家庭號冰淇淋狂嗑的洛柯羅詢問。

「剛剛在分配調整工作，然後有人講了一些話，然後好像還為了一些東西吵架。嗯，反正我的工作只要站在門口對每個女生微笑就好。」

福星抬頭看向黑板，發現洛柯羅的名字被列在「拉客」的項目之下。

「怎麼沒我的名字？」

「剛剛也有吵這個，好像是在說福星很重要，又好像在說福星不重要。嗯，反正你現在還沒有工作就是了。」

「我看你都在吃吧。翡翠呢？」

「他去處理商品和器材租借的事情。」洛柯羅忽地停下進食的動作，盯著福星。「福星……」

洛柯羅俊美的臉上，零星地散布著乳白色的冰淇淋。他伸舌，舔去嘴邊的冰，嚥下。極為挑逗。

「幹、幹嘛？」

「這桶……都給你！」邊說，邊將懷中的家庭號冰淇淋塞入福星手中。

「喔，謝謝……」

「等一下去你房間玩，可以嗎？」

「呃，應該可以……」他想到理昂，不知洛柯羅的造訪是否會讓這位室友更加憤怒？

「晚上一起睡，可以嗎？」

「呃，可能不太方便，床很小……」

「我可以睡地上。」洛柯羅認真地說著，「但是你的手要垂下來讓我抓著。」

那認真撒嬌的模樣，讓同是男性的福星也震起一絲悸動。

福星甩甩頭，「你還是待在自己寢室吧！」

要命啊，差點就一腳跨入那禁忌的樂園之中。洛柯羅根本就是費洛蒙發散機！

「呀呀呀，小騷包福星。」不知何時移動到附近的紅葉，千嬌百媚地笑著。她盯著福星，仔細打量。「你今天看起來好像不太一樣……」

「大概是我換了沐浴乳的緣故吧，哈哈。」

「是嗎？」紅葉緩緩走向福星，大剌剌地坐在他的桌面上，修長的大腿一抬，裙襬滑落，露出纖長玲瓏的粉嫩大腿。

「晚上有空嗎？」紅葉伸指，撫向福星耳際，「來我房間，用你的沐浴乳幫我洗澡……」

「我也要！」妙春跟著開口。

「不行喔。」紅葉笑著搖了搖食指，「因為福星今晚會很累。」

福星的臉一陣臊紅，「紅葉——」

「妳這低俗的女人！不要把這裡弄得像風化區——」坐在不遠處的丹絹，硬是介入兩人之間。看見福星，他忽地挑眉。「賀福星。」

「是？」

「你的成績爛爆了，看你的名次就知道班上有幾人。」

「所以呢?!」找什麼碴啊！

「下課到我房裡，我幫你補習。」丹絹輕咳了聲，推推眼鏡，「不用感謝我。我向來對弱者抱有高度的關懷和慈愛，這點大家都很清楚。」

「用尖酸的羞辱和鄙夷的態度使對方羞憤欲絕是你表達慈愛的方式?」芮秋笑問。

「智力低落外貌平庸或許無藥可醫，至少道德自尊方面尚可加強。」

「拜託別再提我的智商了行嗎？」

「對嘛！況且福星晚上要陪我一起吃點心！」洛柯羅一把將福星揪到自己身後，「去去去，狐狸去吃豆腐，蜘蛛去吃桑葉！」

「桑你個頭！那是蠶！」丹絹咆哮，「吃那些垃圾食物遲早變垃圾！他已經夠廢了！」

「喂！」

「不好意思，有意見的話請舉手發言……」站在教室前端主持會議的珠月，被噪音打斷，有些不悅。

她望向噪音來源，看著福星，臉色瞬變，淡粉色的臉頰染上少女般不知所措的嬌羞。

「福星……你……王道總受！」同時，意味不明地豎起拇指，儼然是獻上最高讚賞。

「什麼鬼東西！」那莫名其妙的詞彙讓福星感到毛骨悚然。

「後面那邊是在吵什麼啊！」布拉德起身，看向亂源福星，突然瞪大了眼。

「布拉德？」糟了，不要連布拉德也——

布拉德瞪著福星，深吸了口氣，嚴肅開口，「有意見請舉手發言，別讓珠月難做人。」

福星詫異，「是。」布拉德怎麼沒事？他沒被咒語影響嗎？

「上回大家提議的異國美食店，我已經列出明細並分配好工作了，只是在執行上可能會有些問題。福星，你可以負責臺灣小吃部分的原料訂購和菜單嗎？」

「呃，我可能沒辦法。寒川交代我很多事，而且寶瓶座也有任務。」

「這樣呀……」珠月略微苦惱地盯著手中的記事本，似乎陷入了困境。

「叫瑪格麗那女人來弄不就好了？」彌生懶懶地插嘴，「她不知道在熱心個什麼勁，下午那場會議一直插嘴。」

「瑪格麗有來？」

「是啊。不過她的態度太糟糕，沒人想理她，後來自討沒趣地走了。」譚雅接著開口，「不用每件事都拜託賀福星吧。」

「沒錯。」

這算是福星第一次和這兩個女生有所互動。以往總是自成一個小圈圈、對其他人愛理不理的彌生和譚雅，突然幫福星講話，讓福星感覺非常奇特。

瑪格麗的魅咒，威力真的很強……

不過，為什麼瑪格麗那麼想融入班上？她有什麼目的？

「瑪格麗什麼時候走的？」福星小聲詢問丹絹。

「快傍晚的時候吧。和翡翠離開的時間差不多，大概晚個五分鐘左右。」丹絹皺眉，「怎麼，你對她有興趣？品味真糟。」

「沒有啦。」福星隱約察覺到瑪格麗想要的東西是什麼。

會議繼續進行，由於原料無法在期限內購得，加上某些物資缺乏，因此原本的提議整個推翻。

「現在距離閉幕式只剩七天，離園遊會展開只剩四天，進度是零，還是要設攤嗎？」珠月苦惱地詢問眾人。

「才藝表演的話現在也來不及了吧。況且也不知道我們班能演什麼……」

「而且表演的話要花錢做道具和服裝，又沒賺頭。」福星不假思索地開口，「還是賣東西比較實在。」

「你真的越來越像翡翠了。」珠月輕笑。「是否常在夜深人靜時到彼此的房內，進行深度的友誼及體液交流呢？」

「珠月，我聽不太懂……」他也不太想懂。感覺會很恐怖。

「那福星你有什麼想法？開什麼店會受歡迎？」

如果是平常，福星一定立刻講得出一堆大家都不懂的知識，說出許多平時根本沒人會想到的點子，可行的點子、可笑的點子。

大家都等著福星開口，等著吐槽他、等著鼓掌。

但此時，勳章失竊、魅咒失控，這些事占據了他的思緒，腦中一片空白，心中一片混亂。

「呃嗯……抱歉，我沒有意見……」福星抓了抓頭，心不在焉地說著，「開普通的餐廳或咖啡廳吧，這樣最保險……」

這樣的答案，讓眾人微愕，也略微失望。

「這樣呀。」珠月勉強撐起笑容，「謝謝你的提議。」

班級會議的氣氛忽地轉冷。

接下來的時間，丹絹、洛柯羅、紅葉、妙春，還有不少學生注意力集中在福星身上，斷斷續續地干擾著會議，珠月苦撐場面，布拉德一路護航，努力維持秩序。福星以為噪亂源頭的自己會被罵，但布拉德只是對福星投以不贊同的目光，沒多說什麼。

持續了約五分鐘後，以「咖啡廳」這個主題草草定案。

過程中，福星一直有種抱歉的感覺，但是又不明白自己為何會有這樣的心虛與不安。要讓他擔憂的事太多了，他現在沒精神去思索這些。

這個學園祭，讓他感覺很糟，希望結束後一切都能回復正常……

離開教室，福星被洛柯羅和丹絹一人一邊幾近挾持地帶回宿舍，紅葉和妙春等人則是從陽臺一點都不低調地直闖民宅。

「晚安，理昂。」福星尷尬地朝坐在窗邊閱讀的理昂開口。理昂的表情回復了平常的冷漠，但福星看得出來，他還是很不悅。

理昂見到訪客，不予置評，直接走進自己的床區，擺明不想被打擾。

看來理昂還在生氣……

福星輕嘆了口氣。

「福星，吃這個。」洛柯羅伸手從背包裡撈出一個泡芙，遞到福星面前。

福星遲疑地接下泡芙，一方面對這泡芙是如何以全裸的方式在混亂的背包內保持完好感到質疑，另一方面猶豫著是否要將這東西放入口中。

沒記錯的話，泡芙是前天晚上的附餐點心。

「不喜歡嗎？」

「呃，我現在不太想吃甜食……」

「沒關係。」洛柯羅伸手探入背包，抽出兩片大蒜麵包，「這個給你。」

福星愣愣，接下，「謝謝喔。」

如果他說現在不想吃點心，想吃正餐，不知道洛柯羅是否會從背包裡直接掏出一盤義大利麵……

「這是怎樣！」丹絹一踏入福星的床區，立即發出高分貝的抱怨，「如此髒亂的景象根本是貧民區！垃圾桶滿了為什麼不倒？噢該死！紙餐盒和寶特瓶是回收物你難道不知道嗎？要死了！為什麼有這麼多餅乾屑在地上！還有襪子和衣服！上次來還很正常的說，賀福星你到底在搞什麼?!」

「最近比較忙，沒時間整理啦……」事實上，自從網購的ＰＳＰ送到之後，他幾乎沉迷在遊戲裡，廢寢忘食。

「忙著繁殖小蟲小蟲來當寵物嗎?!」丹絹一邊嘀咕，一邊動手順勢整理了起來。當他打開衣櫃時，又是一陣聒噪抱怨。

「不要一直碎碎唸，很像老太婆。」紅葉沒好氣地笑著，逕自坐在床邊，隨手撈起亂扔在床上的衣物。「福星，這是你的睡衣？」

印滿布丁狗圖案的棉質上衣皺成一團，顯然是脫下後直接扔到床上。福星趕緊搶下收起。「別笑我啦……」

「福星，這個是什麼？」洛柯羅拿起枕邊的黑色掌上遊戲機，好奇地打量。

「PSP啊。」

「好玩嗎？你在玩什麼？」

「我最近在玩這個，節奏遊戲。」福星打開畫面，俏麗的綠衣綠髮雙馬尾女孩跳出，隨著節奏左搖右擺。他將遊戲機遞給洛柯羅，「借你看。」

「喔喔！」洛柯羅發出新奇的叫聲。

看著螢幕上那可愛的臉蛋，福星嘴角不自覺地揚起，「嘿嘿，很萌對吧……」

「很可愛。」洛柯羅點頭，「過關之後她會脫光衣服嗎？」

「並不會！」

「是喔？」洛柯羅抓抓頭，「那她會雙腳張開說『哥哥人家是第一次』之類的嗎？還是說福星你會拿奇怪的道具幫她做身體檢查？」

「屁啦！這又不是那種遊戲！」

「是喔。」洛柯羅點點頭，「所以和福星電腦裡那個『課外延伸學習』資料夾裡的遊戲不一樣囉？」

「廢話——喂！」該死的！竟敢出賣他！

紅葉用似笑非笑的眼神盯著福星，「喔喔？福星？是這樣嗎？」

「福星都學習一些很深奧的東西。」洛柯羅一手支著下巴，老謀深算貌，「還有一個『教學補充資料』的資料夾，裡面放了好多影片呢！」

「閉嘴——」

紅葉一手搭向福星的肩，「虛擬的永遠比不上現實，我們來實際操作一次如何？」

「低級！」蹲在一旁收拾的丹絹嗤聲，接著以學術的口吻剖析，「適可而止吧，小心得腕隧道症候群。況且玩太凶的話，智力也會降低，對你那微薄的智商非常不利。」

「噢，你就不能安靜地整理東西嗎?!」福星極想一頭撞死！

「福星，你這壞孩子。」紅葉戳了戳福星的臉。

「我已經十八歲了！」該死的！他討厭被當成小孩！

「福星，你好像痴漢喔。」妙春笑呵呵地說道，「你會在手提袋裡放相機偷拍女生嗎？」

福星和紅葉大驚失色，「誰教妳這個詞?!」

「小花呀。」妙春天真地開口，「她叫我要小心這種人。」

「福星，你喜歡這個喔？」洛柯羅盯著畫面，若有所思。

「對啊。你不覺得很可愛很萌嗎？」

洛柯羅點點頭，認真開口，「如果我打扮成這樣，你會開心嗎？」

「你在說什麼鬼！」

「不行嗎？那丹絹打扮成這樣呢？理昂呢？布拉德呢？誰打扮成這樣你才會開心？」

「拜託別再講這種驚悚的話了……」福星腦中浮現的畫面讓他非常惶恐，「為什麼你不說女的啊！這邊不是也有女生嗎？」

「因為紅葉她們不用穿成這樣就很可愛了啊。」

「唉呀呀，真是個好孩子。雖然說的是實話，卻讓人窩心呀。」紅葉心花怒放地伸手撫了撫洛柯羅的頭髮。

「別講那些詭異的東西了！」一進房間就忍不住開始動手整理的丹絹，半身潛入混亂的衣櫃中，將凌亂無序的物品一一翻出，「這件衣服到底是乾淨的還是髒的？唔，這股酸臭真夠帶勁，讓我想起老家的醃酸白菜！這堆襪子再放兩天都能採香菇了！還有，這是你的內褲嗎？」

福星趕緊起身衝去將印著史奴比的四角褲拽下，「不要亂翻啦！我自己會整理！」

窗邊傳來聲響，接著，珠月掛著略微不好意思的笑容，探頭進屋，「抱歉，打擾了？」

「還有我。」瘦小的身影尾隨著出現。

「珠月、小花？」福星幫忙拉開窗扉，讓來者入屋，「有什麼事嗎？」
小花盯著福星，撫著下巴打量，「珠月說你變得很受很讚，好奇過來看一下。」
「小花！」
「嗯，確實。」小花突然轉身，走向窗邊。
「妳要走了？」
「回去拿相機罷了。」語畢，靈巧地躍入黑夜之中。
看著小花的背影，福星稍微鬆了口氣，轉頭望向珠月，「隨便坐啊。這裡現在有點擠……」
「謝謝。」珠月步入屋中，找了個離福星不遠不近的角落坐下，「只是想和你討論一些有關園遊會的事。」
「呃，抱歉，我最近有很多任務，可能沒辦法幫上太多忙……」
「沒關係的。福星已經幫很多忙了……」
珠月淺笑，掛著聖母般溫柔且清麗的笑靨，望著福星，手掌情不自禁地緩緩伸向福星的臉，然後滑下，落到襯衫的領口之間。
「這樣的衣衫被粗暴地扯開，是什麼樣子呢？」
「珠、珠月？」

「會發出什麼樣的嗚咽渴求被憐愛？被捆縛後會是什麼樣的姿態？被烙上吻痕爪痕又會是什麼樣的顏色？」

珠月勾起嘴角，眼中充滿著少女般夢幻的光彩。

「是理昂嗎？不，我覺得布拉德也不錯……當然，洛柯羅和翡翠也是絕佳的人選。啊啊……還是說同時一起，眾星拱月？多麼歡愉美妙的欲之盛宴——」

「珠月？」他完全聽不懂，但覺得非常不妙！

「呃……嗯！」珠月回神，滿臉羞紅，「抱歉！我失態了！」

眾人同時盯著珠月，被她方才詭異的言語弄得一時錯愕，不知如何反應。

幸好，突然的敲門聲解除了這窘境。

不等屋內人回應，門扉逕自開啟，布拉德豪爽的聲音隨之傳來。

「打擾了。」看見屋裡聚了一群人，布拉德略微詫異，「搞什麼？大家都吃飽沒事幹？」

「那你來做什麼？」丹絹一手捧著折好的衣服，另一手握著清潔劑，兩腳褲管捲至膝蓋，十分居家。「沒事的話請離開，不要妨礙我打掃！」

布拉德挑眉，「你自便。」然後，非常故意地隨手將擺在一旁的溫水壺揮倒。水壺蓋在地面彈開，濺灑了一地板的濕。「噢噢，真抱歉。」

「你搞什麼！」丹絹衝向前蹲下，仔細觀察地面上的汙漬，「該死的，你不知道地毯弄濕了很難清理嗎?!」

「拖把在一樓的掃除櫃裡。」布拉德好心提醒。「加油。」

「不能用拖把!要用毛巾吸水再用吹風機吹乾!溫度不可以太高，不然會傷布料!啊啊——混帳!」丹絹將手中雜物隨手一擱，衝出房間。

「這下安靜多了。」布拉德微笑，然後走向福星的床區，遲疑了一下，不太自然地走向福星和珠月中間的空位，硬是坐下。

「嗯，請繼續。」

「繼續什麼?」

「繼續你們的談話。」布拉德輕咳了聲，「不用在意我的存在。」

「你搞毛啊!」

紅葉和妙春對看了一眼，忍不住輕笑。然後被布拉德瞪了一眼。

「我們正在討論園遊會。」珠月好心地解釋，「福星總是有很多點子和想法，真的希望他能參與。」

「珠月……」

布拉德看向福星，「怎麼，有問題?」

「我不太方便，這幾天我會很忙……」福星越說越小聲，忍不住縮起頭。

他猜想，總是幫珠月講話的布拉德，一定會斥責他，要他答應。

「是這樣嗎？」布拉德點點頭，「那麼，去忙你的吧。班上的事我們會想辦法。」

福星微愕。

天啊，身為珠月控的布拉德，什麼時候變得這麼好講話？難道，這也是魅咒的影響？他知道魅咒會增加他人對他的好感度，但是怎麼效果和他想像中的不太一樣？

「喂喂，布拉德。」蹲在一旁研究遊戲機的洛柯羅拉了拉布拉德的衣角。

「怎麼？」

「你願意為了福星穿成這樣嗎？」洛柯羅把遊戲機遞到布拉德面前，「福星說他很喜歡。」

布拉德盯著畫面，臉色僵硬。

「洛柯羅你別胡說！」福星連忙澄清，但讓他感到更不安的是，布拉德的表情看起來像是很認真地在天人交戰中。

猶豫什麼！直接拒絕然後大罵一聲「去吃屎吧！」才是布拉德啊！

「……有點困難。」布拉德勉強吐出回應。

「這種事根本不用考慮這麼久吧！」

眾人聚在屋裡吵吵鬧鬧，和以往一樣歡樂，但每個人都把重心放在福星身上。

福星突然覺得好混亂。

受人歡迎雖然高興，但是，該怎麼講……感覺有點不真實。

好像原本的秩序都被打亂了一樣。大家都變得不像自己，比交換身體時更加不自然。

他比較喜歡原本的樣子……

手機突然響起，顯示的是未見過的電話號碼。接通後，寒川暴怒的斥責聲從話筒傳來。

「你在哪裡？」聲音中，摻雜著一連串壓到按鍵的嗶嗶聲響。

「寒川？」

「怎麼這麼小聲，喂？喂？聽得到嗎？立刻過來！聽見了嗎？媽的！聲音怎麼這麼小！爛透了！」

「因為你拿反了。還有，按數字鍵只會製造噪音，並不會變大聲。」子夜的聲音從彼端幽幽傳來。

「少囉嗦！總之立刻過來！」

福星掛上電話，一臉歉疚地看著滿屋的友人。

「抱歉，我有事，要先離開了，寒川那裡需要我幫忙……」

眾人露出失望的表情。

「不然，一起去吧！人多也好辦事。」紅葉提議。

「是呀！福星忙了一整天，現在又這麼晚了，一定很累了吧？」珠月附和，「早點忙完可以早點休息。」

「呃，可能沒辦法。」他確實很累，但是，他沒辦法同意伙伴們的提議。「那邊有些東西……呃，算比較機密的公務，外人可能不太方便加入……」

「這樣呀……」失落的表情再次出現在大家臉上。

「抱歉，這陣子真的很混亂……」福星意有所指，語帶雙關，但只有他自己理解，「一定會馬上回復正常的。」

一定會馬上回復正常的。希望。

他會努力的……

Chapter05

假正太，真傲嬌

手掌覆上倉庫檜木門板上寒川設置的封印咒，咒令確認了來者的身分，發出「嘶」一記聲響，門扉緩緩開啟。

倉庫的門一開，稚氣的斥責聲隨之響起。

「你搞什麼！跑去哪裡——」怒責聲驟然中止。

「抱歉抱歉，班上有點事。」福星匆忙進屋，看見寒川正以一臉難以言喻的表情盯著他，「怎麼了？」

「混帳！誰准你去和別人鬼混！你應該要把這裡的事當作最優先！聽懂了嗎！可惡！立刻過來！」

「好啦好啦，我知道。」折騰了一整天，他覺得好累，沒力氣反抗。

「下午跑去哪裡了？我一直聯絡不到你！」寒川雙手環胸，興師問罪。

「不小心出校了。」福星概略地解釋了傍晚時發生的事。

好累喔，好煩……

「你是白痴嗎！這麼不懂得為自己著想！」

寒川怒吼，彈指，瞬間背後張起兩只濃密如夜的黑翼。細小的手指在空中畫下符令，三根羽毛飛向面前，周遭燃起青綠色的火光，光芒在一秒內斂入羽根之中，三根羽毛合為一體。

「拿去，帶在身上！」寒川將羽毛交給福星，命令。

「這是什麼？雞毛撢子喔？」

「白痴！這是黑天狗加持過的羽翎！帶著可以避煞驅邪保平安！立刻收好！」

「喔。」福星呆呆地將羽毛放入口袋。

「為什麼你的衣服是濕的?!」

「剛才路上下了點雨，沒帶傘……」煩啊，可以不要說話了嗎？他好累。

「蠢貨！」寒川怒斥，彈指，羽兔式神立即以高速飛飆出外頭，不到一分鐘，帶著一堆東西回來。

「這傘！給你！」

「喔，是。」懶得思考。

「這衣服拿去換！」

「喔，是。」懶得辯駁。

「還有！這個懶熊抱枕還你！」

「你不喜歡？」

「我……我姪子不想要了！」寒川執拗。

「喔，是。」懶得追究。

「這杯薑茶拿去喝！」

「呃，我不——」

「喝！」寒川凶不拉嘰地下令。

福星不敢不從，立刻喝了一口，「好燙！」馬上被燙到嘴。

「笨蛋！」寒川毫不猶豫地伸手抓住福星的下巴，掰開他的嘴，認真地觀察。

福星訝異，但過於疲累的他無法思考太多，無法做太多反應。

眼皮緩緩闔上。

寒川咬著下唇，盯著福星。

福星傻憨憨的模樣，竟然異常地——可愛。

「福星，你去找瑪格麗了嗎？」子夜的聲音突然響起。

寒川猛然想起倉庫內還有這名不速之客，連忙將福星放開，心中異常的詭動也隨之平息。

福星揉了揉眼，「找了啊，她幫我施咒了。」

「你已經被施魅咒了？」寒川質問。

所以他剛才對福星那異常的感覺都是受咒語影響?!

福星勉強打起精神，「說到這個，我覺得施咒之後，身邊的人好像都怪怪的……」

「嗯，確實如此。」子夜意有所指地盯著寒川，然後撇過頭，發出一陣小小的輕笑。

寒川怒瞪子夜，然後回頭望向福星，「魅咒只要能贏得比賽就好，不需要無意義的功效！

你這白痴到底要求她施了什麼咒語？」

「瑪格麗說她下的咒會提升他人對我的好感度，並不會有太誇張或太激烈的情緒啊！」

「你確定？」

「我不知道。因為施完咒以後，理昂、希蘭、布拉德、珠月，還有好幾個人，對我的態度都和平常差很多。」

當然，也包括寒川。

「是嗎？」寒川不耐煩地冷哼，「為什麼每件事情到你身上都會出錯，賀福星？」

福星低頭。他也想知道。

「不管是交誼賽的靈魂交換，還是這次的勳章失竊，甚至是傳送門。為什麼你的身邊總是伴隨著這麼多的混亂？」

不只這些。福星心想。

從入學開始，他的生活裡總是充滿了失誤和異常。他自己心裡有數。

不知道這是不是代表著他不適合做人類，連做個妖也只能是個敗事有餘的半吊子。

沮喪襲上心頭，無力感在疲倦的催化下，威力加倍。

「對了，為什麼你沒被影響？」寒川好奇地轉向子夜。

子夜將手輕輕覆在眼上，「因為這雙眼睛，看得見咒語。」

透過那般紅色的眼眸，無形的咒令與結界，以波動與光影的形式呈現，連施咒的痕跡也一覽無遺。

他看得見夢妖在福星身上下了個紋路美麗、錯縱繁複的咒語，相當高竿。但是，基底的結構，卻有著被亂波給打亂的痕跡。

「聽起來頗不賴的。」

「那些稱我為祟之子的人，並不覺得如此。」子夜面無表情，淡然低語。

寒川微微皺眉，但不予置評。

福星望向子夜。

特殊生命體與人類結合後的子嗣，被稱為混沌之子。但他並不像子夜一樣，擁有這麼強大的能力。

難道，他的能力真的是給周遭帶來災禍？

福星勉強甩開念頭，開口，「動章的事現在怎樣了？」

「火妖精已經開始動工，後天就能完工，到時候只要把寶石安裝上去就好。」寒川的表情舒緩了些，「理昂．夏格維斯那邊，你調查的如何？」

「呃，我還找不到機會詢問，不過，我覺得不是他拿的……」

「你有證據嗎？那他那晚出現在倉庫附近做什麼！」

「我不知道……」

寒川沒好氣地哼了聲，「理昂．夏格維斯的票數又上升了。不管他是不是犯人，找不到真正的夏洛姆之星，到時候也是死路一條。」

「嗯……」

「明天再去找夢妖，看是否要修正咒語。如果你的得票數不夠的話，順便要她把咒力加強。」

「嗯……」福星垂頭應聲。

他很累，很煩。為什麼每件事到他身上都會出問題？

寒川看著福星一臉疲憊，將他遣返。「去休息吧。明天有事我會找你。」接著，目光移向福星手中的抱枕，「那個懶熊抱枕，等你用完了之後再給我。」

「不是說不想要了？」

「我……我姪子可能沒想清楚，應該改天就會想要了。」

福星翻了翻白眼。

真是不坦率。

距離學園祭閉幕晚會四天。

主堡一樓與各主要教學大樓的公告欄，以咒令即時統計更新夏洛姆之星票選戰況的燙金黑絨表板上，多了一個新面孔。

一個平凡、看起來有點憨呆的東方少年面孔。

這樣的異動，讓許多來來往往的學生感到訝異，但更多的是嘲弄與不屑。

「賀福星？二C那個一臉拙樣的寶瓶座儲備幹部？誰提名的？」

「應該是自我申請的吧。」

夏洛姆之星的提名方式有兩種，一種是由他人薦舉，只要將他人的照片附上一張選票，交給寶瓶座，就完成了參賽手續。另一種則是自我申請，將自己的照片交出，不用附選票，就可以完成手續。榜上大多數的人都是由薦舉而來。

「讓我想到公告欄的失蹤兒童……」

「七十八票？這些人投票前頭部是否受到重擊——」

尖酸的批評驟止。因為，當事人正好出現。

背著書包、一臉疲憊的福星，經過教學大樓公告欄前，發現自己的照片，忍不住噴了口口水。

才一個晚上就得到七十八票，夢妖魅咒的威力果然厲害。但是……

看著昨日甫登上榜首、那熟悉的室友照片，福星心裡揪了一陣。

絕對不能讓理昂得名……他不想看到室友在領獎的同時化為灰燼，頒獎典禮當場變成告別式。

意識到數道目光自身旁射來，福星緩緩回頭。

當他的目光和那群方才聚在公告欄下品頭論足的人們相接時，對方明顯地愣愕，露出清楚的震懾。

「呃，嗨。早安啊。」福星主動打招呼，試著贏得更多好感。

但這個舉動對夢妖的魅咒而言，相當多餘。原本對照片中人嗤之以鼻的學生們，一見到福星本尊，個個露出和善而喜悅的表情。

「早安。早餐吃過了嗎？要不要一起去？」同年級的豹族少年熱情邀約。

「早安，謝謝，我已經吃了……」福星感到受寵若驚。

「加油！我會支持你的！」二年級的水精靈少女伸出手，表示友好。

「謝謝！」福星感動地握住對方，「太感謝了！」

此舉引起其他人小小的不悅，出於嫉妒的不悅。

「妳剛才不是說投他票的是腦殘？」蛇妖少女冷笑著扯同伴後腿，對方狠狠瞪了她一眼。

「妳少講兩句話會死嗎？嘴巴這麼大為何不去吞大象？」

「閉上妳的臭嘴，陰溝水精靈。」

「呃，沒關係啦，反正我聽過更過分的，哈哈！」福星尷尬地抓了抓頭。「不要為這種事爭吵啦……」

眾人立即投以悲憫及欽佩的目光。

多麼慈愛又多麼寬容的人啊！

「我會投給你的！」

「我也是！」

「加油！不要被擊倒！」

在鼓勵聲中，福星一邊道謝一邊走向教室。

到了教室後，總是默默坐在角落偏僻位置的他，身邊圍了不少人，呈現以右後方為聚集中心、漸次向講臺遞減的罕況。本以為教授會因此不悅，但沒想到對方一見到福星，立即露出諒解而和煦的笑容。

人群有如磁粉，被無形的力量牽引拉向賀福星。

「賀福星」這個名字，宛如投入靜湖中的石子，旋起一圈圈漣漪，不斷擴散、蔓延。

至中午時分，賀福星的票數增為三位數。

名次躍進至前二十。

午餐時間，照慣例福星先到餐廳的老位置，等待翡翠和洛柯羅到來，一同用餐。在短短十分鐘內，他婉拒了大約二十個想要同桌用餐的人。

「福星！」

洛柯羅聲音比人先到。當福星回過頭時，正好被洛柯羅飛撲拽到懷中。

「吃飯吃飯！」洛柯羅將福星從位置上拉起，手勾著手，朝餐檯移動，「福星要吃什麼呢？今天的點心有馬卡龍、酒釀蛋湯圓、抹茶大福、銅鑼燒、德國布丁、香橙蛋糕、瑪德蓮，還有方塊酥、黑糖糕、烤年糕。福星你喜歡哪一種？我們一起去拿！」

「呃，都可以。你喜歡什麼就吃什麼吧。」

「我每個都喜歡。」洛柯羅回眸燦笑，「但我最喜歡的是福星。福星軟綿綿的好像俄羅斯軟糖，可惜你不能吃。如果把福星像軟糖一樣撕開咬碎的話，福星會失血而死。哈哈哈！」

「洛柯羅……」這傢伙為啥總是能口無遮攔地用天真的表情說出令人毛骨悚然的話語？

「洛柯羅你慢著。」從後方追上的翡翠，搭住洛柯羅的肩，制止對方繼續拖著福星走。

當翡翠看見福星時，愣愣了一秒。

「嗨，翡翠，事情忙得如何？」這是施咒之後第一次與翡翠見面，福星靜靜地觀察翡翠，想看魅咒在這守財奴身上會有什麼樣的反應。

翡翠盯著福星，看起來表情沒多大改變。

「還好，都處理的差不多了。」翡翠神色自若地和伙伴們一同緩步走向餐檯，「倒是你，怎麼一夜不見，就衝上排行榜？」

「是的。我沒想到你竟然有雄厚的資產可以賄賂這麼多人。」

「哈哈，很訝異嗎？」

「喂！」

翡翠的態度和平常沒兩樣，難道咒語對他沒效？

「福星，你要吃什麼？」平日總是直奔甜點區的洛柯羅，此刻也端著餐盤，一同站在主食區前等候選菜。「我要和福星吃一樣的。」

「呃，這裡應該沒有你愛吃的東西喔。」

「沒關係！」

「我今天想吃很多蔬菜喔。」福星故意指了指放著蔬菜類餐點的區域，「每一種都想吃呢。」

洛柯羅皺起眉，但立即露出壯士斷腕的表情。「沒問題！」語畢，以行動表示決心，迅速夾了一堆生菜到盤中，疊成一座綠色小山。

福星和翡翠嘆為觀止。

洛柯羅像獻寶一般，得意開口，「快點，福星快夾，我要和你一樣。」

「呃，但是……」

「不好意思，今天福星不吃自助區料理。」翡翠忽地開口。「他今天要到櫃檯點指定餐點。」

洛柯羅的表情瞬間變得像盤中的蔬菜一樣綠。

「翡翠你別亂講。我沒那麼多錢。」

所謂的指定餐點，是自己開出菜單，直接向主廚點菜，想吃任何餐點都可以，但是要付額外的費用。而且，很貴。

「我知道。看你的窮酸相就一目了然。」

「那你還——」

「帳單，我付。」翡翠雲淡風輕地開口。

福星和洛柯羅同時瞪大眼。

什麼？翡翠請客？那個摳門得要死，從學校廁所偷拿衛生紙、連借上課筆記都要收租金、搭飛機還以意外險金額高低來選擇航空公司、視錢如命的翡翠？

「有什麼問題嗎？」翡翠挑眉。

「呃，那個要花錢喔！是錢呢！給出去要不回來的錢喔！你確定嗎？翡翠？」

福星一副對著幼兒解釋大道理一般的口氣，令翡翠皺眉。

「不要把我當白痴。我不是你。」翡翠冷哼，「我偶爾也是會對朋友不錯的。」

「謝謝喔！」雖然知道是受咒語影響，但福星還是感到非常窩心。

「那我呢？」洛柯羅詢問。「我可以點稻香村的皇室點心嗎？」

「你把手中的菜吃完再說吧。」

於是，福星點了臺灣小吃，雖然簡單，卻讓他回味起家鄉的滋味。洛柯羅則是臭著臉，倒了一大杯水，配著水半嚼半吞地把蔬菜塞入腹中。

「怎麼會想參加夏洛姆之星的票選？」翡翠開口詢問。

「不是我自己報名的，是有人提名我，把我的照片拿去申請參賽。」

「但你也沒有申請撤銷資格。」如果不願意參賽的話，當事人可以隨時提出撤賽。「我以為你對這種事沒興趣。」

「呃……已經有人投給我了，撤賽不好意思……」

翡翠點點頭，「是這樣呀……」

「我也會投給福星的！」洛柯羅不甘被冷落，硬是插嘴，結果被花椰菜噎到，嗆得一臉水和菜沫。滿嘴菜味的洛柯羅，最後終於受不了，衝去甜點區搜刮甜食來「解毒」。

「昨天你在忙什麼?從中午開始就不見人影，我本來想把估價單給你，看看價錢是否合理。」

「呃，我昨天都在倉庫那邊忙，幫寒川處理事情……」福星編了個理由搪塞。他不能把拜訪瑪格麗和出校的事告訴翡翠，不然勳章失蹤的事就會曝光。

翡翠停頓了片刻，點點頭，「是這樣呀……」

「嗯，是……」

「才一天不見，好像發生了很多事吶。」翡翠撐著頭，望著福星，「壓力很大嗎？」

福星心虛地低下頭，「還好……」

「有需要的話，我會盡力幫你。」翡翠起身，微笑，「你覺得有需要的話。」

「你要走了？」

「嗯，還有點事要處理。」翡翠拎起包包，微笑，「再見囉，福星。」語畢，瀟灑離去。

看著翡翠的背影，福星感覺有點怪異，但又不知道哪裡有問題。

洛柯羅抱著一大桶覆盆子冰淇淋，邊吃邊走回座位。

「翡翠呢？」

「他走了。」

「是喔？他不是有一堆事情要找你研究嗎？」

「什麼？」

「翡翠自己說的。他昨天跑去倉庫找你三次都沒遇到人，晚上又有事沒辦法去你寢室。

我以為他會把握機會和你談很久呢。」洛柯羅大口吃著冰，彷彿在陸地擱淺的魚被扔回水中一般，露出絕處逢生的表情。

「什麼?!」

那他剛才說的謊不就立刻被識破了？

為什麼翡翠不拆穿他呢？

福星皺眉，用力地抓搔著頭髮，一頭黑髮被弄得亂翹。

好煩！煩死了！為什麼這麼麻煩啊！為什麼他老是惹事啊！

他討厭學園祭！

他討厭這樣的自己！

還剩四天。該死的學園祭，快點結束吧……

午餐結束後，福星抱著鬱悶的心情前往教學大樓。託魅咒的福，福星很快就從他人口中探知瑪格麗的位置。

瑪格麗被福星從教室請出時，被嫉妒的目光群起攻之，她完全搞不清楚敵意從何而來。

但一見到福星，她也立刻愣愕。

魅咒怎麼變成這樣？

「你在搞什麼？」瑪格麗把福星拉到偏僻的走道，劈頭質問，「為什麼咒語變這樣?!」

她觀察著咒語的結構，發現基底咒力出現了變化，以一種難以歸納的順序排列，產生她也無法預料理解的效力。

「呃，這是我要問妳的吧！」

「你真的什麼也沒做？」

「我沒那個能耐。」福星略微自暴自棄地開口，「我只是個又遜又無能的蝙蝠精，除了搞砸事情之外，沒啥本事。」

瑪格麗看出福星的沮喪，一時間不知如何開口。她很擅長哄人，讓人愉悅，卻不擅長安慰人。況且，她沒必要、也沒意願去做那些事。

但此刻似乎受到咒語影響，瑪格麗竟然由衷地產生些許的不忍，試著做她最不擅長的事。

「別這麼說，」瑪格麗略微生澀地開口，「有自信點。」

「喔……」

「你並不是無能，只能算是低能而已。」瑪格麗認真地說著，「雖然微薄，但並不等於零！」

福星哭笑不得，「謝謝妳喔。」雖然還是很傷人，而且感覺傷更重，但勉強達到了些許的安慰效果。

福星振作起精神，概略地陳述這兩日周遭眾人的變化與反應。提到翡翠時，瑪格麗的表情有些微的轉變。

「我大概了解狀況了。」瑪格麗開口，「咒語大致上沒問題。大部分的人對你的反應都是在預期的範圍之內。問題只出在和你親近的人身上。」

「為什麼？」

「咒語原本的設定基準是『由零到一』，也就是讓那些原本對你沒有任何感覺、認為你可有可無的人產生好感。不去更動一開始就對你有負面情緒的人，因為那樣是逆返心理，副作用會比較強，也很不自然。」

「那洛柯羅他們的反應呢？他們原本就和我很好呀！」

「有明顯轉變的，都是原本就對你有好感的人。」瑪格麗繼續解說，「照原本的設定，他們不會受影響，但是咒語在這裡出了問題，反而讓那些人對你的好感度增強，變成強烈的喜歡。」

強烈的喜歡？

福星回想起同伴們的反應。

洛柯羅變得更加黏人，每件事都要和他一樣；紅葉帶著挑逗意味的玩笑更加明顯，肢體上的接觸變得直接而頻繁；妙春則是對他露出和對紅葉一樣的崇拜眼神；珠月似乎把他在詭異妄想裡的地位提高了許多，這個不知該喜還是該憂；丹絹則是企圖將腦中的知識全部灌注到他的奈米腦之中。

布拉德變得很客氣，很有禮貌，不像之前那樣大剌剌地直接損他、對他動手動腳，乍看之下好像比以往疏遠，但福星知道，這就是布拉德對珠月的方式——默默的尊重與支持。

沉默的理昂話變得很多，內斂冷靜的理昂為了他而失控暴走。雖然口中充滿斥責和怒意，但就像芙清對他一樣，他感覺得到那斥罵中包裹著擔憂和關懷。

囂張偽正太寒川，雖然只中招一下下，但是從他不斷塞禮物送東西的舉動可以推測出，這傢伙未來很有可能被仙人跳。

福星忍不住莞爾。彷彿發現了每個人的小祕密。

只剩一個人，他無法解釋，無法理解。

「那，為什麼只有翡翠變得冷淡了？他沒受影響？」

「冷淡？」瑪格麗好奇，「他不是和你很好嗎？你說他見到你就立刻變冷淡？」

「呃，好像不是立刻。」福星思索方才的情境，「他的態度沒有很明顯的起伏，和平常一樣冷靜，但是今天午餐他竟然主動請客，並且還不計較價錢呢！」

「能讓翡翠掏錢，你在他心中地位很高吶。」瑪格麗的語氣有點酸。「然後呢？」

福星沉默了片刻，有點難以啟齒地開口，「我對他說謊了……翡翠知道我騙他，但沒有拆穿我就離開了。」

瑪格麗的表情突然變得很複雜。

「你騙了翡翠呀……嘖嘖，這可是他的罩門吶。翡翠很討厭被騙，他對你的情感看來已經轉為負面。」她自嘲一笑，「明明是個沒商德的奸商，卻有些莫名其妙的道德潔癖，被騙一次就會徹底和對方決裂。他會離開騙了他的人，不再往來。這是他的報復。」

「報復？」

「親身經歷。」瑪格麗淺笑，看似從容，但福星看見她眼底有些悲傷。

「咒語本身沒辦法修復了，反正只剩四天就會失效，影響也不大，就這樣子吧。」瑪格麗的表情變得掃興且無奈。

「可是，我還沒幫到妳的忙。」這樣不是讓她白作工了？「妳要我幫妳做什麼？我會盡力去做的！」

「算了，現在的你也幫不上了。」瑪格麗哼了聲，「我和翡翠不一樣，不會錙銖必較。報酬的事就算了。」語畢，準備轉身離去。

「等等。」福星突然看透某些事，「妳要我幫忙的事和翡翠有關，對吧？」

「現在無關了。」瑪格麗背對著福星，嘆了口氣，「你已經被翡翠討厭了，和我一樣。他不會想聽你的話——」

「等一下……」
是這樣嗎？他覺得不是。雖然他只認識翡翠一年多，但是，他覺得他所認識的翡翠，不是那樣的人。
「嗯？」瑪格麗挑眉，回首。
「我覺得，應該不是這樣子……」福星緩緩說出自己的猜測，「大家受到咒語影響，各有不同的表現，反映出了每個人對喜歡的人展現喜歡的方式。」
「所以？」
「我覺得，那是翡翠表現喜歡的方式……或許翡翠覺得，兩人之間如果出現謊言，說謊的那一方一定是感覺到壓力或不愉快，所以才以欺騙來讓事情簡單化。」
翡翠很現實，很注重效率。無法挽回的事、無法負擔的事、無法憑自己努力而掌控的事，他一律放手，不做無謂的抗拒。
翡翠我行我素，重視自由。同樣的，他也不想限制他人，不想成為拘束他人自由的枷鎖……
「聽說風精靈討厭被束縛，也討厭束縛人。或許正因為這樣，他選擇迴避……」
是這樣的，對吧？翡翠。
「壓力很大嗎？」——和他在一起，壓力很大嗎？

「有需要的話，我會盡力幫你。」風精靈苦笑，「你覺得有需要的話。」——如果，他有被需要的話。

中了魅咒的翡翠，用這樣的方式來表示對福星的關愛。

瑪格麗面無表情。「你是這樣認為的？」

「呃嗯……」福星不好意思地低下頭，「我覺得翡翠雖然小氣，但不是小心眼的人……他只是有點彆扭吧。」

「哼。」瑪格麗重重地哼了聲，掩飾心裡的動搖。

「如果他真的討厭妳，我覺得他會選擇明顯的報復，而不是無視……」福星繼續說著。

「我覺得是這樣啦……」

那，當年她欺騙了翡翠之後，對方的不告而別，是否也是一種愛的表現？

她以為翡翠是出於憤怒，看來是她搞錯了。她以前一直試圖消減翡翠的怒氣，試著討好翡翠，但顯然對方需要的不是這些，而是最簡單的道歉。

「蠢死了……」連這點簡單的事都看不懂，當個屁萝妖……蠢死了……

「瑪、瑪格麗？」

「沒事。謝謝。」瑪格麗深吸了一口氣，神色回復冷豔的從容，但又多了種清爽的自信和氣勢，感覺彷彿擺脫了某種心結而重生一般。

「什麼？」福星一頭霧水。

「三天後會有大量的外賓湧入，他們手中的票是決勝的關鍵，以現在的咒語而言，還不夠。」瑪格麗拉起福星的手，逕自前進，「魅咒還有發展的空間，前提是要修正。」

「呃，要去哪裡？」

「迎賓會館，南校選手宿舍。」

「但是……」感覺不太妥當吧？

「別小看南校，那裡的人比這裡刻薄一萬倍，想要得到地位必須要有出眾的實力。」瑪格麗回首，勾起妖豔的笑容。「我會幫你奪冠的。」

別小看淫夢妖。她的祖先曾經顛覆一整個王國，毀滅一整個文明，不出半點力量，靠的全是極致的魅力。

過去的她只將這天賦用來追求更高的物質享受，簡直是擁有八核心電腦卻只拿來玩新接龍和踩地雷。

也是該稍微小試身手的時候了。

Chapter06

所謂敵人不過是站在另一方的自己人

瑪格麗領著福星，來到迎賓會館裡的交誼廳。

南校的選手們大部分在場，除了艾蜜莉和雙胞胎。厚重的遮光窗簾拉上，阻擋了陽光，屋裡雖然亮著鵝黃色的燈，卻給人陰暗封閉的感覺。

裡頭的人見到瑪格麗身後的不速之客，全都抬起頭，一臉「他來幹什麼」的表情質問瑪格麗。

「呃，嗨，不好意思打擾了。」福星舉起手揮了兩下。他覺得自己的存在很突兀，好像穿著袈裟進教堂的和尚。

「這是妳的新寵物？」護戎挑釁地瞪著坐在沙發中央的福星，眉上的銅環讓眼神看起來更具威脅性。「風精靈給妳的打擊太大，所以連口味也轉為低下了？」

「你何不去吃點自己的屎呢？山犬妖。」瑪格麗燦笑，「或許你扒糞的蠢樣會讓那隻蜘蛛精心生悲憫，願意回頭伺候你這主子。」

看著瑪格麗和護戎尖銳的一來一往，福星心裡忍不住咋舌。

南校都是這樣互動的嗎？相較之下，北校真的太和諧了。

「我看你常和以薩混在一起。」闇血族的凱爾手夾酒杯，輕晃杯中的暗紅色液體，「你們是什麼關係？」

「我和以薩是朋友，而且都是班上的寶瓶座儲備幹部。」一大早就喝酒，未免太萎靡。

「罪孽之子的朋友？」穆斯塔握著短劍，以砥石仔細地刮擦鋒刃。聞言，不屑地狂笑不止，好像聽見什麼極有趣的笑話。

福星感到莫名其妙，而且不悅。

笑點在哪裡？

「以薩不能有朋友嗎？」福星忍不住開口。

穆斯塔和凱爾對看一眼，露出輕蔑的笑容，「看來你不知道他的身分。」

「我知道以薩是個善良好學、害羞內向的好人，這樣就夠了。」

「他不該是個『好人』！」凱爾忽然拍桌站起，看起來非常憤怒。酒杯倒下，滾向桌邊，落地，碎裂出一記清脆。

「以薩．克斯特．涅瓦，是必須領導闇血族征服人類的君主，不該是個好人！」凱爾低吼，眼睛轉為危險的黯紅色。這是闇血族不悅的徵兆。

看見凱爾忽然暴怒，福星瑟縮，但也一頭霧水。他不懂自己說的話為何踩中對方的雷點，也不懂凱爾的話是什麼意思。

但，有一個詞他感到耳熟。

克斯特……這個姓氏好像在哪裡聽過。

「你嚇到客人了，凱爾。」低沉穩重的男聲從屋側響起。「注意你的態度。」

福星的目光向內望，發現側坐在窗邊的萊諾爾正對著他淺笑。

「嗨……」

「你姐姐還沒回覆我的邀請。」萊諾爾雙手環胸，「是默許還是拒絕，可否請你代答？」

「呃。」福星抓了抓頭，老實開口，「我想她應該是忘了。」

這個答案讓萊諾爾的俊顏微僵，並且有些狐疑。

「你確定？」阿爾伯特家長子的邀約，推拒掉眾權貴千金而給出的邀請。這，似乎不是該被忘記的事。

「是啊。畢竟這也不是什麼重要的事。我記得老姐可能不會出席晚宴吧，她好像要搞什麼酵母菌研究……」福星繼續開口，默默地給予萊諾爾心靈上的回馬槍。

萊諾爾的表情有點難堪，但依舊帶著玩世不恭的從容，以領導者的姿態開口詢問，「好了，瑪格麗，請妳說明帶他來的目的？」

「我要讓他贏得夏洛姆之星。」瑪格麗單刀直入，「幫我，幫他。」

直接的話語引起眾人的注意與好奇。

「為什麼？」

「因為我欠他人情。」

福星詫異地望向瑪格麗。她欠他人情？有嗎？他怎麼不知道？難道說瑪格麗也被他迷人的魅力煞到無法自拔了？噢天啊！他真是個罪人！

「那對我們有什麼好處？」凱爾雙手環胸，興味盎然，「我們可不是慈善機構。」

瑪格麗冷笑，「我知道，慈善機構這個詞從你口中講出來都變得猥褻了。報酬就是，我能辦得到的一切。」

「瑪格麗！」福星連忙制止。這樣太不好意思了！「不能這樣，至少讓我分擔一半！」

「你能做什麼？」始終對福星視若無睹的羽泰不屑地開口，「你連選手都不是，只是個下級精怪，有什麼能耐幫得上忙？」

「他和你心愛的子夜關係密切。你如果想繼續用那拙劣到令人憐憫的討好方式來贏得子夜的注意，不如靠他幫你說情。」瑪格麗毫不留情地點破。

「妳說什——」

「至於你們，」她轉頭望向凱爾、穆斯塔、白泉、萊諾爾，還有護戎，「如果拉不下臉向自己在乎的人表明心意的話，可以拜託他。」

眾人露出不以為然的蔑笑，彷彿聽見最荒謬的話語。

「在乎的人？」

「拜託他？」

「夢妖，夢話留到睡覺時再說吧。」

瑪格麗環胸，冷笑著一一戳破。「一到北校就想盡辦法接近以薩，被對方躲避就開始酗酒和磨劍的，是誰？看見前未婚妻和別人互動密切就開始胃痛腹瀉的，是誰？邀約等不到回應就開始焦躁得摳抓桌角的，是誰？發現自己號稱是下僕的青梅竹馬和別人有說有笑就不爽得一直抓頭髮的，是誰？」

「妳胡說八道！」凱爾拍桌起身，欲蓋彌彰得非常明顯。

穆斯塔偷偷地把短刃收回衣襟暗袋。

「並沒有腹瀉。」白泉正色反駁。

「這桌角本身質地就有問題。」萊諾爾不太順暢地將手從桌邊收回到口袋裡。

「他只是下賤的僕衛而已！」護戎不耐煩地用力抓了抓那高翹上衝的紅髮。「怎麼不說說妳和風精靈之間的事？」

「我被他甩了，就這樣，滿意了？你的頭頂出現圓形禿囉，山犬妖。」瑪格麗勾嘴豔笑，「少裝模作樣了。在夢妖眼前，任何情感的變動和心思都無所遁形。還要我說得更明白嗎？要我再舉更多例證嗎？我怕有人可能會羞愧到吞食自己的毛球。」

眾人互看一眼，意識到情勢，不再輕忽以對。

所有的目光，頓時集中在福星身上。

瑪格麗的話語雖然打動了不少人的心弦，但一看見自己委付的對象，竟是一臉呆滯憨厚的賀福星，信心頓時打折了不少。

「憑他？」

「我知道看起來很不可靠。但他確實有某種魅力，某種我們缺乏的特質，吸引著我們各自在意的人。」

「什麼？」

「無代價的單純。在我們眼裡看起來近乎於愚蠢的天真。」

福星回頭看向瑪格麗，分不太清楚對方是在稱讚他還是損他。

場內陷入一片沉默。令人尷尬的沉默。

「呃，那個……」福星承受不了這種氣氛，主動打破僵局。「所以說……我要做的就是：把以薩找來和凱爾他們談話——雖然以薩很不願；想辦法扭轉白泉在紅葉心中的痴漢形象——雖然很難；幫萊諾爾約我姐——雖然未必會成功；幫羽泰接近子夜——雖然子夜好像不是很在意；讓護戎和丹絹合好——雖然丹絹明顯不想要。就這樣？」

太過直截的詢問，讓眾人的表情變得有點僵硬難看。

「瑪格麗，我相信妳……」萊諾爾伸出食指，優雅地刨了刨桌角，「他確實有著近乎愚蠢的天真率直。」

「檜木桌快被你挖穿了，萊諾爾。」

萊諾爾瞪了瑪格麗一眼，悻悻然地收手，環胸。

「所以，協議達成？」瑪格麗媚眼橫掃室內一圈，「不回答就算默認？」

回應她的是一片沉默。

「很好。」瑪格麗勾起笑容，非常甜，甜得致命的夢妖笑容。她拍了拍福星的肩，將他推向人前。「接下來看你的囉。」

「我盡量……」

「明天傍晚之前沒成效的話我會立即抽手。」凱爾冷冷地提醒，「至於妳，夢妖，這個下午妳對我造成的不快我會照樣算帳。」

瑪格麗聳肩，悉聽尊便。

「那麼，要我們怎麼幫妳，或者幫他？」

「現在的情況是，我的魅咒出了點問題，基底結構有些異變，所以無法修改或增減咒語。」

羽泰彈指，化出一根純黑的羽翎，唸咒後將羽翎射向福星，羽翎穿透福星身軀，然後消失。

接著，籠罩在福星身上的魅咒以具體的符令組織現形在空中。羽泰開始觀察咒令。

福星不由想起，子夜不需外力就能直接看見咒語。能力高下，一目了然。

擁有這麼強大的潛力，卻被人懼怕而排擠……

「基底太過混亂，要修改非常麻煩，重施咒語比較省事。」

「不行，魅咒取消後有三天的抗斥期，無法施同樣的咒語。」

「用咒令疊加試試看吧。」白泉開口，「令一個全然不同的咒語附加上去。」

「我的話沒辦法了，同一個施咒者的類似咒令會被抵銷。」

「那只好用我的狐族媚術了。」白泉沉思著方法，「不過我的媚術對雌性比較有影響力，需要框制，不然的話可能會達到另一種效果。」

「什麼效果？」

「大家會想搶著和你交配。」白泉輕笑，「羨慕嗎？」

福星點頭，「原來你都用這招喔？這樣不行喔！開外掛還用金手指有點卑鄙。」

「哼，憑我，不需要。」

「對了，你也對紅葉使出這招不就好了？」根本不需要他幫忙吧？

白泉皺眉，彷彿聽見最糟糕的餿主意，「太沒格調了。」

福星不好意思地低頭。看來白泉沒想像中那麼差勁嘛……

「後天是外賓參觀日，想辦法找越多人來越好。寇斯卡特、特瑞亞家族還有山妖系的精怪，應該可以幫忙衝不少票數。」

凱爾、穆斯塔以及護戎點頭。

「那，就這樣。」瑪格麗拉著福星的手，「等會兒回來再討論。我得去找雙胞胎和艾蜜莉了。」

語畢，旋身，像陣驟起的風一般翩然離去。

「雙胞胎應該和你們班的蛟人在一起，要說服他們不會太難。艾蜜莉那邊交給我，她其實心很軟，稍微懇求一下就會答應的……」

福星看著自己被瑪格麗握著的手。雪白柔嫩的手掌牽著他的掌心，纖瘦的皓腕上掛著嵌滿璀璨晶石的古銅手環。

「謝謝喔，瑪格麗……」不知道是不是被夢妖的魅力所影響，他覺得很不好意思，臉很熱。

「我可以理解翡翠為什麼喜歡你了。」瑪格麗突然開口，「和你在一起真的很輕鬆。」

「是嗎？」福星不好意思地搔了搔臉，「這沒什麼啦……」

「身為特殊生命體通常是很沉重的。」

介於人類與非人類、自然與超自然、科學與非科學的夾縫之中，比起人類，特殊生命體對於自身的處境和地位，其實隱含著迷惘困惑。太多的未知、不安，促成了普遍性的偏狹及封閉。

福星的態度自然不矯情，天真中帶著點愚拙。或許是這樣的單純，讓總是處在爾虞我詐、針鋒相對的人卸下心防吧……

福星趁著去倉庫為寒川做苦力的空檔回寢室。一開門，只見客廳區已坐滿了人。等著他歸來的人。

「福星！」一看見福星出現，洛柯羅立即像鎖定目標的導彈一般，起身飛撲，將福星抓摟在胸前。「你跑去哪裡了？我好想你喔！要不要吃餅乾？還是要和我去花園午睡？」

「我剛有些事……」福星勉強從洛柯羅的雙臂中掙脫，還來不及喘氣，面前立即被一大疊的筆記簿擋住視線。

「下次考試的重點整理和歸納。」丹絹的聲音從書堆後方響起，「幫助你免於重補修的命運。」

「重點？」福星接下書堆，挑眉，「重點怎麼比課本原文還厚？」

「我試著用你能理解的語言重新詮釋了一遍……」丹絹推了推眼鏡，「雖然花了點時間，不過，不必太感謝我。」

福星好奇地翻開第一本筆記。上面畫滿了彷彿幼稚園英語課本上的插圖，看起來一臉駑鈍、眉頭打結的愚笨小男童，與戴著眼鏡的氣質少年一來一往地對話。

大大的對話框裡，以有如幼兒頻道某某姐姐的口吻，循序漸進地引領著小男童進入深奧的理論。最後一格是小笨童頭頂冒出燈泡，一臉豁然開朗地對著眼鏡少年道謝的畫面。

非常淺顯易懂，但也莫名地令人感到被羞辱。

福星指著畫面，「這個頂著西瓜皮的男孩是我嗎？」

「他叫小星。沒有影射你的意思。如有雷同純屬巧合。」

「那這個戴眼鏡的人呢？」

「這是丹絹教授。」

「你也太直接了吧！」還說沒有影射！「這圖是誰畫的？」

「一C叫霙凡的雪貂精畫的，我用一些蛛綾和他交換。」

蛛綾是以蜘蛛的密絲所織成的綢緞，晶透如露，不易裁斷，是相當珍貴的物品。

「謝謝喔，丹絹……」看見丹絹如此付出，福星只感到愧疚不安。

都是魅咒的關係。他的朋友都被咒語迷惑了。

他覺得自己好像騙子……

「福星，我搬來和你住好不好？」妙春勾起福星的手臂，仰著頭，天真地開口詢問，「可以嗎？」

「不行耶……」

「那，你搬來和我住吧！」洛柯羅一臉期待地看著福星，「我的寢室只有我一個，好無聊喔。」

「抱歉，洛柯羅，但是——」

「別為難福星了，」珠月柔聲制止紛爭，宛如聖母一般為福星化解僵局，「他和理昂兩個人過得好好的，何必棒打鴛鴦、拆散人家？」

福星微愕。這個形容怎麼好像怪怪的……

「要的話，也是和布拉德一起，是吧？」珠月燦笑著回首望向布拉德，對方露出個勉強的笑容。「這是我的第二CP，其他的無法接受唷。」

「珠月，妳在說什麼……」

「砰！」硬物砸上檜木桌面發出的巨大聲響，從隔壁床區傳來。

福星探出頭，剛好看見理昂步出房門，重重地將門板甩上。

「那傢伙在不滿什麼啊？」

「火氣那麼大，或許是肉吃太多長痔瘡？」

「嘖嘖。」

眾人你一言我一語，很快地又將注意力放回福星身上。

這種感覺讓福星覺得很不自在。

大家對他的好，對他的關心，令他有種罪惡感，幾乎窒息。

太糟糕了，賀福星……你是這樣對待朋友的嗎？

福星猛然起身。

「呃，抱歉，我忽然想到寒川有事找我，先走了！你們慢慢聊喔！」福星一邊傻笑，一邊退出房間，狼狽地逃離現場。

門板闔上，原本的笑語和關切也隨之中止。

「那麼，現在怎麼樣？」布拉德率先開口。「有人看見福星中午從南校的迎賓會館走出來。」

珠月略微猶豫地接著說道，「中午他在教學大樓和瑪格麗一起消失了一陣子……」

「該死的淫夢妖，她想對福星做什麼！」

「好像是福星自己去找她的……」

紅葉輕描淡寫地低語，「他身上有狐族媚術的痕跡。」很淺很淡的痕跡，幾乎難以察覺，但她認得那個氣息。「白泉幫他下的。」

房內，再度陷入沉靜。宛若無人一般的死寂。

「……福星討厭我們了嗎？」妙春擔心地開口。

「應該不會吧……」珠月苦笑。

「如果他真的不願和我們往來，」布拉德一臉置身事外，理智而冷漠地宣告，「那麼我們也沒有權利阻止他。」

逃離那令人感到歉疚而不安的房間，福星匆匆跑來倉庫。雖然身體十分疲累，但此時的他想做些事讓自己分心，忽略那討厭的罪惡感。

「子夜呢？」

「不知道。我剛弄出三隻黑羽兔打發他走了。」寒川的頭髮翹得亂七八糟，看起來既狼狽又疲憊。

子夜到底是對寒川做了什麼啊……

「有什麼要幫忙的嗎？」

寒川看了看錶，「離上工時間還有半小時。今天怎麼這麼勤勞？」

「反正也沒事好做……」

寒川看出福星心情低落，但也沒多問什麼。關心他人不是他的強項。況且，比起過多的慰問和關切，有時候無視和沉默反而是最好的關心方式。

「火妖精的織帶完成了，你去幫我跑一趟領回來。」

「去哪裡？」

「法國馬賽，我已經幫你申請外出令了。你可以找一個人陪你去。」寒川一邊說，一邊觀察著福星的反應。

「馬賽？那裡不是才被白三角攻擊過嗎？」

寒川挑眉，「你怎麼知道？」這應該是被封鎖的消息。

「呃，不小心聽到希蘭他們談話的內容，大約知道一點點……」福星迂迴地回答。

本來擔心寒川會追問，但對方似乎不是很在意。

「既然你知道了，那我解釋起來也比較方便。正因為上回的攻擊事件，馬賽沿海被列為紅色警戒區域，據說白三角的布署密度提升了許多。不過幸好法國是火妖精的聚集地，所以勉強還能維持在一定的安全界限內。」

「火妖精……很厲害喔？」

「火妖精擅長工藝。法國火妖精在工業革命時隨之革新技藝，結合咒語和機工，發明了一種獨門的結界，任何咒語或機械都偵察不到它的存在。」

「這麼厲害！那應該推廣啊！」

「火妖精是很自私的，而且這種東西流傳越廣，越有可能被破解。」

「說的也是。」

「但畢竟是紅色警戒區，一個人去還是太危險，所以我幫你多申請了一名同行者。你要找誰同行？」

福星想了想，「理昂吧……」他們之間有很多誤會，他一直想找個機會和理昂好好談談。而且，理昂在夏洛姆之星失竊那一夜的行蹤，他也還沒問清楚……

寒川的表情微變，但快得難以察覺。

「嗯哼，如果你要找他的話是可以。」寒川將兩只通行符牌交給福星。

「謝謝……」

「如果你要找理昂的話，他在第二棟的劍術練習室。」

「你怎麼知道？」

寒川皺了皺眉，立即回復從容，「剛才經過恰巧看到的。」

「是喔。」福星沒有多想，握著符牌，「我會盡快回來的。」

「不急……」寒川若有所思地低語，「慢慢來，你們可以在路上好好地聊一聊……」

以雪白強化牆面構成的劍術練習室，四方空間裡，黑色的身影如夜風躍動飛旋，與七個木製的練習用式神人偶兵刃相接。

黑影察覺到不速之客，迴身面向腳步聲源。見到來者，行動驟停了須臾，險些被持斧的式偶揮中頸椎。但下一刻隨即閃躍，手中長劍斬斷式偶的腿，阻斷了攻擊。

站定，看準時機，在眾刃向前的那瞬間雙刃迴旋。剩下的六名式偶胸前的役符碎裂，人偶們紛紛倒地。

看著福星步入練習室，理昂冷冷地不發一語。

「那個，寒川要我幫他出校外跑腿……去馬賽找火妖精拿東西，然後那邊很危險、被列為紅色警戒區，可是因為有火妖精所以好像也不是那麼危險，因為火妖精……」

福星低著頭，喃喃低語，也不知道自己在說什麼，只是突然覺得自己不敢面對朋友。

「說重點。」理昂冷聲，「請抬起頭，看著你對話的對象。」

福星頓了頓，仰首，以不確定且退縮的目光，望著對方，「可以陪我去嗎，理昂？」

理昂的唇抿成一條線，表情十分嚴肅，看起來面無表情，不以為然。

但如果福星靠得近一點的話，就可以聽見黑色勁裝下、胸口心跳的聲音。

「可以帶我去圖書館嗎，理昂哥哥？」

回憶中，擁有著黑色長捲髮的莉雅，他心愛的莉雅，在開口央求他帶她出門時，總是露出這樣的表情。

該死的。

他原本還在生福星的氣，此時卻……

難以招架。

見理昂沉默不語，福星無奈地嘆了口氣，「如果你要忙的話，不用勉強……」

「什麼時候出發？」

「啊？」

理昂瞪了福星一眼，「如果不希望我同行的話，不用勉強。」

「噢噢！當然沒有！隨時都可以出發！」福星喜出望外，眉開眼笑，「謝謝耶！理昂！真的超感謝的！謝謝喔！」

理昂冷哼了聲，看似不耐煩地收拾東西。

然而，嘴角微微勾起的弧度卻出賣了他。

SHALOM ACADEMY

Chapter07

老妖精裝幼齒是否已成為風氣？

SHALOM ACADEMY

穿過校園，進入時空傳送門，穿越大半歐陸，再訪馬賽。

依舊是深夜，海港邊，熟悉的海風帶著清新的鹹味。

一路上，兩人不發一語。福星一直想說些什麼，卻又不知如何開口，默默地走在前頭，領著理昂朝地圖上的標示地前進。

該怎麼開口呢？

他有好多話想講，但是心裡很亂，不知道怎麼說。以往的他，總是能天花亂墜東拉西扯，莫名其妙的、該講和不該講的話，一古腦地吐出一大堆。但是現在，一方面出於罪惡感，一方面又對被魅咒影響的理昂有所顧慮，反而無從啟齒。

「你在不滿什麼？」低沉的嗓音忽地從背後響起。

「啊？」福星微愕，回首。

「不希望我同行？」

「沒有啊。」

「那為何不說話。」

「呃嗯，我以為你比較喜歡安靜，因為以往在寢室裡你總是嫌我吵……」

「你什麼時候尊重過我的意見了？」

「抱歉。」

「為什麼要道歉？」

「呃……」為了很多事啊……「抱歉……」

「太過安靜，不像你。」理昂繼續開口，「掩飾情緒、隱藏痛苦、強顏歡笑，這些伎倆對你來說太過深奧。既然不擅長，就不要勉強，旁人看了只覺得可笑。」

「呃，所以？」

看著一臉呆滯的福星，理昂低吟，嘆氣，「發生什麼事了？」

「有一些事……工作職務方面出了一些問題……」

「需要幫忙？」平淡的語調，但充滿了濃烈的關懷與擔憂。

福星抬頭，差點一口氣將心中所有的話語傾洩而出。但當他看到理昂眼中的溫柔時，他猶豫了。這是理昂真實的想法，還是受到魅咒影響才產生的反應呢？

如果是後者，那他豈不是趁人之危，利用了他的朋友？

「嗯，不用了，謝謝！這個是我自己的任務，不好意思麻煩你們啦。」福星嘿嘿傻笑，「況且，我已經給你們添很多麻煩了……」

「所以也不差這一件。」理昂淡淡開口，似乎有點不悅。

福星抬頭，不懂理昂在生什麼氣。

火妖精弗蘭姆居於海港附近的小船塢之中，距離傳送門約兩公里遠。木板搭成的矮房，透露著歲月的痕跡，感覺就像棟隨時會倒塌、隨時會被鏟除的破舊屋舍。

破舊得十分性格搶眼，照理說應該會給人留下強烈印象，但路過的人卻視若無睹。就連直視著屋舍的福星，有幾秒閃神時，甚至會忘了屋子就存在於自己面前。

「到了。」

福星對照著寒川給的地圖和照片，走向搖搖欲墜的大門，伸手握住門鈴搖把，輕搖了兩下。

房子出現微微的顫動，畫面彷彿石子投入水中擾亂了倒影一般，晃了晃。

下一秒，崩毀。

「轟！」

手中還握著門鈴搖把的福星瞪大了眼，望著眼前的廢墟。回過頭，只見向來冷靜的理昂，臉上也出現了錯愕的表情。

「呃，這個門鈴好像要修一下……」福星小心翼翼地把門鈴搖把放回原本掛著鈴鐺的矮柱上。

一道銀絲一閃，理昂眼尖地捕捉到某個波動。

「小心！」

理昂伸手，將福星向後拉入自己懷中，甩起風衣，捲下。燒紅的烙鐵尖刺戳中風衣，順勢捲入衣中。

「理、理昂？」

「夏洛姆的學生？」女低音從廢墟堆的方向響起。

福星回頭，只見聲源處站著一名金髮雙馬尾女孩，肌膚雪白，雙眸火紅，稚氣的臉蛋上有著超齡的冷漠。

「火妖精弗蘭姆？」

「是。」成熟的嗓音和臉蛋一點也不搭，她看了看身後的廢墟，眉頭皺起，「是寒川那個老屁妖要你們這樣做的？」

「呃，不是。我們剛才拉完鈴之後它就自己變這樣。」福星尷尬地解釋。

「我看起來像白痴嗎？」弗蘭姆冷語，「我設立的防禦屏我會不了解？派個傻子過來應付我，看來寒川的腦子也和他的外衣一樣萎縮。」

「事實就是他說的那樣。顯然您對自己的防禦屏確實不夠了解。」理昂以同樣冰冷的語調回應，「您對自己似乎也了解不足。容我回答您第一個問題，是的，確實如此。」

「講話很帶種嘛，闇血族。」

「彼此彼此。」

劍拔弩張的氣氛在兩人之間漫開，彷彿下一秒就會開戰。人的磁場是很奇妙的東西。有時候明明是初識的兩人，卻能一見如故，相見恨晚；有時候明明是陌生的兩人，卻彼此不對盤，互看不順眼。

理昂和弗蘭姆顯然是後者。

「呃！嗯！不好意思！我剛才可能不知道碰到什麼東西，不小心把您的結界毀了，真的非常抱歉！」福星趕緊出聲，制止即將發生的無謂衝突。

「無所謂……」見福星道歉，加上夢妖的魅咒，弗蘭姆的不滿立即消散了許多，轉身低頭研究起毀壞的結界。

「這麼差勁的防禦屏，還不如養隻狗。」理昂冷哼。「或者在外頭挖個坑，插些竹竿，十六世紀的人就是這樣防竊賊的。」

「理昂！」

「十六世紀來福槍都發明了，傻小子。」弗蘭姆輕笑，「當你還在子宮裡和幾百萬兄弟競爭時，我已經在為六大家族本部設置機工結界了。」

弗蘭姆轉身走入廢墟，彎腰將手伸入地面，將某個樞紐拉起。

廢墟消失，轉而出現的是一座巨大的機械城堡，以齒輪、輸送帶、管線、螺栓，及咒令、魔法陣、石碑、符繩構築而成，走在科學和咒法邊界的怪誕堡壘。

福星和理昂同時露出震撼的表情，這令弗蘭姆非常滿意。

「要進來喝杯茶嗎？」

「裡頭裝的是機油的話，免了。」

「呃，不用，謝謝。我們必須趕回學園。」福星瞪了理昂一眼，婉拒。

弗蘭姆淺笑走入屋中，片刻，取出一只木盒。

「東西就在裡面。另一個部分寒川可以組裝上去。」弗蘭姆意有所指地對福星開口。

福星點點頭，準備將木盒放入背包當中。

「慢著，不確認一下嗎？」弗蘭姆忽然提議，「打開看看，比較保險吧。」

福星停下動作，「嗯，說的也是……」聽起來好像有點道理。不過，怎麼好像怪怪的？

弗蘭姆逕自拿回木盒，開啟，織工精細的藍色織帶躺在紅色絨墊之上，等嵌上那顆乒乓球大的精靈結晶後，就和遺失的夏洛姆之星一模一樣了。

「要不要拿出來看看有沒有破損？」弗蘭姆望向理昂，「闇血族小子，你來試試吧。省得到時候出事又算到我頭上。」

理昂看著弗蘭姆片刻，伸手，緩緩地拿起織帶，將之拿到面前，仔細地打量了一番，放回。

過程中，弗蘭姆一直盯著理昂，彷彿在觀察著什麼。

福星抓了抓頭。

總覺得之前好像看過類似的場景……

「目前看起來沒有問題。」理昂將織帶放回，闔上木盒，塞入福星的背包之中。「告辭。」

弗蘭姆挑眉，露出個感到無趣的嗤笑，轉身進入屋中。

「對了，那個蝙蝠精。」弗蘭姆走到門前時忽地開口。

福星和理昂停下腳步。

「結界會毀損，是受你身上的混沌所影響吧。」

「什麼啊？」福星完全聽不懂。

「不知道嗎？」弗蘭姆再度輕笑，搖了搖頭。「好好享受無知的幸福吧。」

門扉闔上，片刻，堡壘的影像漸淡、消散，破舊船塢的影像再度清晰、重現。

離開火妖精的堡壘，福星對方才所見仍嘖嘖稱奇，讚嘆不已。

「好酷的房子！它是怎麼蓋的？防禦屏的幻象只有這麼一點大，怎麼擋得住這麼大的建築？」

「可能建立了亞空間或空間裂縫。和夏洛姆類似的技術。」

「像哆拉○夢的四次元空間袋一樣嗎？」

「你是指你床頭前那藍色雙球體構成的奇妙生物下體附著的半圓形部位？」理昂回想起福星床櫃上擺著的鬧鐘，洛柯羅很喜歡、每天早上七點會發出吵鬧音樂的鬧鐘。

「呃，沒錯啦……但被你這樣一形容變得好像有點離奇……」

「那就不要擺那種離奇的東西在房間裡。」

不知不覺間，兩人好像回復以往的互動。

夢妖的魅咒失效了嗎？難道是昨日修補增添了太多咒令，導致魅咒出了問題？

照理說，他應該要擔心才對。但是，他真的非常喜歡、非常懷念和理昂這樣的互動。這種感覺，很棒。

福星嘿嘿傻笑，心情瞬間變得很好。

今晚的月亮細得如一只銀色魚勾。諸星燦爛，海風颯爽，黝暗的海面反射著岸上房舍的燈火，宛如另一片星夜。

回去得謝謝寒川，讓他有機會和理昂關係轉好……

福星突然想起，理昂的嫌疑尚未洗清。

「呃，對了，理昂，有件事想問一下。」

「嗯。」

「那個……你很想贏得比賽嗎？」福星小心翼翼地探問。

「……或許。」

「為什麼呀？這不像你的作風耶？」

「當你答應幫助我贏得比賽時，你並未過問原因。為何現在提起？」

「呃，這個……」

「那麼，為什麼你要參賽？這也不像你的作風。」理昂反問。

「其實我是想得到夏洛姆之星啦……」

「彼此彼此。」

「你也想要夏洛姆之星？」福星內心極為不安，嚥了口口水，遲疑地開口，「理昂……你會為了得到夏洛姆之星……不擇手段嗎？」

理昂停下腳步，以冰冷如夜海的眼神，望著福星。

「為什麼要這麼問？」

「沒有，只、只是隨口說說的！」

「有些話不該隨意說出口。」理昂向福星跨近一步，居高臨下地低頭凝視著福星，「會傷人……」

福星瞪大了眼，心中的警鈴大作。

他似乎踩中了理昂的地雷。

「那個──」

「唰！」泛著紅光的色線，忽地在兩人身邊張開，織成令人不安的網絡。

福星和理昂還來不及反應，三名穿著雪白勁裝、臉戴面罩的人影，從港邊陰暗處竄出，彷佛突然現身的幽靈。

理昂皺眉低咒了聲，立即抽刀劃向紅繩。刀刃穿越紅線，絲毫未造成損傷。

「嘖！」他太大意了。

陸路不成，走空路！

理昂低頭，凝聚異能力，深色雙眸轉為殷紅，背後的衣衫泛起點點濕潯紅暈，深色的血穿透肌膚、穿透衣衫，化為黯紅色的血霧，形成兩片深色的蝠型巨翼。

闇血族的第二段形化，有翼體。

福星第一次看到理昂這樣的姿態，　時間愣愣不已。

震懾人心的美，有如夜之君主一般翩然降臨。

「別發呆等死！」理昂一手揪起福星的衣領，振翅向紅繩陣上方的疏洞飛躍而起。

本以為可以逃離圍困，但慘淡的灰白色身影從地面緩緩浮現，兩隻黑髮咒靈受召而出，被繃帶蒙起的眼部朝向理昂等人的位置，鎖定目標，暴衝！

「小心！」理昂下意識地旋身，背向咒靈，將福星護在自己的懷中。

眼看咒靈深黑色的指爪即將刺中理昂時，數根黑羽射來，制止了咒靈的動作。下一刻，面覆咒令的式神隊出現，朝咒靈發動猛烈的攻擊。

「快走！往這邊！」

熟悉的聲音伴隨著矮小身形出現。穿著和服的小正太寒川，背後展開兩道黑色羽翼，以黑天狗的戰鬥姿態降臨。

寒川領前，朝著與傳送門反方向的位置前進。理昂一手勾拉著福星，跟著向前飛躍。

「寒川！你怎麼來了！」福星驚訝地詢問，「你不是有事嗎？」

「你一定要現在問這些問題嗎？」

福星回頭看了看，「他們好像沒追上來耶。」

「你媽的以為自己在坐高空纜車?!要不要幫你附上茶點？」這傢伙到底有沒有了解狀況？太過悠哉了吧！

「有你們在不用擔心啦。」福星呵呵笑著抓頭。

不知道為什麼，他覺得比起白三角，他更在意自己和理昂之間的關係。

「既然知道危險，為何要派他過來？」理昂冷聲開口，「如果同行，為何不直接出面？」

「對啊寒川，你怎麼會過來？」福星傻愣愣地跟著發問。

寒川咬牙，低咒，「他媽的我擔心你包庇他、放他走人，所以跟過來看！」

他本來一路尾隨偷聽，想打探理昂藏匿勳章的位置，但現在是不用了！

「什麼？」所以他是被寒川算計了？

理昂的表情變得非常難看，「你們……有事懷疑我？」

雖然不知道他被懷疑的名目，但是從方才話語得知，他似乎是某項罪行的嫌疑犯，而寒川是打算來抓他的。

讓他不滿的是，福星似乎知情！

「放心，你的嫌疑已經洗清了。」寒川沒好氣地冷哼，壓根不在意理昂的不悅。

福星詫然，「為什麼？」

「織帶上有咒令。」寒川對著福星低語，拐彎抹角地解釋，「如果碰過『那個』的話，會留下磁場，織帶上附著的咒語便會讓嫌犯的手指冒起紅光。」他委託弗蘭姆設下的機關，為罪人標示犯罪的烙印。

福星恍然大悟，為何他覺得適才的場景眼熟。同樣的戲碼在之前運送夏洛姆之星時，藍思里才無禮地對以薩作過同樣的事。

「你怎麼可以這樣！好卑鄙！」

「靠你有用嗎?!」寒川反問。

「我的罪名是什麼？」相較福星的激動，理昂顯得過分冷靜，冷靜得令人不安，充滿肅殺的死寂。

「抱歉，這是機密。」寒川擺明了不打算透露，「不過恭喜你，剛才已經證明了你的清白。好好享受剩下的學園祭吧。」

理昂瞪了寒川一眼，接著將目光掃向福星。

「你懷疑我？甚至想來探我口風？」

「不是的……」福星突然覺得好無力。

「這也不能全怪他。」寒川難得好心地幫福星說話，「畢竟五天前的夜晚，福星住在倉庫的那一夜，你行蹤不明。可否趁這機會解釋一下？」

理昂輕聲低語，「我在倉庫外。」

「嗯哼，我們知道。目的是？」

「關心我的朋友。」理昂冷冷地看了福星一眼。「似乎他並不需要，也並不認為我有這樣的資格……」

「如果現在放開我能讓你心情好一點，請吧……」福星垂頭，無力地小聲開口。

底下是萬家燈火，以及幽闃遼敻的黑色大海。

「我怎麼可能做這種事呢。」理昂低喃，極為輕柔。

福星抬頭，眼中充滿希望與期待。

「我可不想玷汙了這片美麗的海洋。」

期待落空，幻滅。

飛行約十分鐘，到達位於普羅旺斯的備用轉運站，一間小小的雜貨店。

「到了，從這裡可以回到茵特拉根的咖啡廳，到時候會有人載我們回去。不使用主傳送門，是為了避開白三角的耳目。」

寒川領著人走入店中，打開地下倉庫的門，進入備用轉換室。

一路上，理昂不發一語，連正眼也不看福星一眼。

回到學園，理昂一個箭步逕自離開，將福星等人拋在後頭。這樣的舉動讓福星沮喪到了極點。

「個性真差。」看著理昂的背影，寒川不以為然地輕哼。

「你才個性差啦！臭小鬼偽正太！」心中的不快與委屈一古腦地爆發，福星豁出去似地用力大吼，「臭寒川！笨蛋天狗！笨蛋！都是你害的！這麼晚了還不睡覺幹嘛跟蹤我們！你一輩子都長不高啦！」

寒川勃然，「你敢這樣和我講話?!」

「吵死了！你和我家隔壁的臭小孩一樣又笨又自以為是！你為什麼不去養蠶寶寶呢？為什

麼不去養水晶寶寶呢？為什麼要來搞這些有的沒的東西？為什麼要破壞我和理昂的關係啊?!」

寒川的眼神轉為陰狠，流轉著殘酷的怒燄，「我可以用妖火在瞬間讓你變成灰燼……」

「你剛才在瞬間把我和理昂之間的友誼變成灰燼了！你這個笨蛋！啊啊啊——」

討厭！他討厭這一切！討厭討厭！他討厭他自己！

累積的壓力與鬱結憂憤瞬間崩解，無法隱藏、無招架之力，在寒川面前宣洩而出。

寒川微愕，怒火因錯愕而消散。

「……你在哭？」

「沒有！並沒有！」福星不服輸地咬牙硬撐，仰起頭，不讓眼眶裡的東西流下。

「那你眼眶怎麼濕濕的？」

「沒有！」福星伸手用袖子使勁揉眼，「這是眼油！眼藥水點一點就沒事！」

「你在胡說什麼啊……」

看著福星，寒川覺得非常稀奇。

他第一次看到特殊生命體哭，為了這點小事。

並不是特殊生命體不重視友誼，為了朋友犧牲性命的例子不在少數。但他沒見過有人為了這樣的事而哭。

很幼稚。

很率直、很單純。

令人憐惜……

寒川伸手，直覺地想去摸一摸那黑髮密佈的後腦勺，但發覺身高不夠，便踮起腳，拍了拍福星的肩，接著從口袋裡抽出手帕，輕輕地幫福星拭掉眼角的水痕。

「他如果真的重視你的話，不會因為這點事和你決裂的。」寒川輕聲開口。

「我憑什麼值得他重視？我又笨又弱，只是個平凡的蹩腳蝙蝠精，他為什麼要重視我？」

他甚至不確定他們之間是否有友誼存在。說不定理昂只是在忍讓，只是出於無奈的妥協罷了。

「不要說這種話。」寒川將手帕塞入福星手中，站回原處，「樂觀和自信是你僅有的優點，別連這些都失去了。」

福星握著手帕，望著寒川。

第一次，他覺得眼前的小男孩是個天狗，守護生靈、象徵和平的神祇。

「明天就是學園祭的尾聲倒數，早上你就回班上協助吧。下午再過來倉庫就好。」寒川轉身，往職員宿舍的方向啟步。

「寒川，這個手帕……」

寒川輕笑，瀟灑揮手，「不用還了。」

「你喜歡凱蒂貓喔?」福星盯著手帕，「這是東京彩虹樂園專賣店限定販售的手帕，我媽也有一條……」

寒川表情微僵，回頭瞪了福星一眼。

「那是我姪子忘在我這裡的東西!不喜歡的話就還我!」寒川怒斥，伸手將手帕一把揪回。

平日氣燄囂張的小正太，再度降臨。福星忍不住莞爾輕笑。

「笑屁!」

「沒有。」福星揉了揉眼睛，咧起帶著點無奈的笑容，「謝謝喔，寒川。」語畢，彎下腰給寒川一個擁抱，隨即快步離去。

寒川一臉呆滯錯愕，不確定該怒還是該喜，因為發燙的臉頰讓他困窘得難以思考。

都是夢妖的咒語害的……

梵蒂岡西南，淨世法庭總部。

執行總長斐德爾研究室，響起敲門聲。正在「生產」咒靈的斐德爾，將手中握著的屍體殘肢放回手術臺，對於工作被打斷感到略微不快。

「進來。」

進門的中階分隊長恭敬地行了個禮，開始報告，「今天晚上法國馬賽區偵測到陰獸，第七小隊前去圍剿，但被對方給逃了。我方傷亡數為零。」

「這點事，值得特別來報備嗎？」

「因為那個街區剛好有監視器，拍到了一些畫面，屬下覺得有必要請您過目……」隊長取出資料夾，將監視器的截圖遞給斐德爾。

畫面中有兩道黑影，面孔模糊。這是特殊生命體的結界導致。為了避免不必要的麻煩，所有的特殊生命體在外出時，都會設下亂影結界，讓相機、監視器無法捕捉他們的外貌。

兩道人影之中，夾著個驚慌失措的東方臉孔。黑髮少年瞪大著眼，望著包圍自己的咒靈。

斐德爾皺眉。他認得這張臉……上回被血族陰獸擄走的少年！

他還沒死？為什麼又出現在馬賽？難道他也是陰獸？但為何狩儀對他沒反應？況且看他的反應和舉動……怎麼樣都是個普通的人類高中生啊？

斐德爾將照片收下，面容不動聲色，心中另有打算。

「我知道了。」

「需要向宗長呈報嗎？」

「這點小事，不必。」斐德爾盯著照片，「我來處理就夠了。」

看來，他必須調查一下這個少年的身分……有了照片，要找人就容易多了。

福星回到寢室，戰戰兢兢地推開門。裡頭一片漆黑，只有窗邊淡淡的月光隱隱透入。走入屋中，經過靠內側的床區向內望。平坦的床鋪上空蕩蕩的，裡頭的主人仍未歸來。長長地嘆了口氣，站在門邊，像是懺悔般開口，「理昂，對不起……」

旭日東升。新的一日再度來臨。學園祭進入倒數第三天，終幕的園遊會即將開始。排行榜上，賀福星的名板被擺入前十強的區塊，但他卻一點也高興不起來。

五日前，夏洛姆的青銅鏤花大門周遭就圍起封鎖線。校內教師，包括數名傑出校友，一同在門上張起空間連結的方陣，七十二小時不間斷，將整座大門化為巨大的空間傳送門，連通南北兩校，以及世界各地的傳輸定點。

傍晚五點，晝夜相交，非日非夜的逢魔時刻。青銅大門在眾人的注目下，由桑珌校長啟動咒語。

交錯繁密的符文亮起嫩綠的光芒，瞬間包圍住大門。幾秒後，南校的學生以及世界各地的訪客，從門的另一側閃現，穿過高大的拱門，進入夏洛姆北校區之中。

喧譁與躁動的歡鬧聲，有如潮水漸漸浸潤擴散在整個夏洛姆之中。

外賓人來人往，寶瓶座成員全數出動，充當外勤。福星被臨時調派到機動組，不斷在校內奔波，直到接近八點才換班，可以稍微喘口氣。

不知道班上的攤位怎麼樣……

自從夏洛姆之星失竊之後，他好像和班上疏離了。他錯過很多事，也和他的伙伴們有些心結……

福星突然不太敢面對他的伙伴。

魅咒對他們的影響，加上搞砸一堆事情的挫敗感，讓他覺得在伙伴面前，有種無地自容的愧疚。

漫無目的地在校內晃蕩，穿越人群及重重華麗絢爛的展示與熱鬧的攤位，不知不覺來到北區教學大樓。

二C的攤位在一樓的大型實習教室。穿過走廊，只見教室裡人來人往，忙著布置，比起其他早已開張營業的班級，二C進度有些落後。

身為總籌的珠月拿著清單，忙碌地指揮工作；布拉德和幾個獸族扛著木桌木椅擺場；翡翠站在收銀機前，面帶春光地數算著零錢，並且將它們一枚一枚排好放入盒中；洛柯羅和丹絹站在餐檯區幫忙整理食材——這個工作分配顯然有點問題，因為福星目睹了洛柯羅偷偷拿起瓶裝鮮奶油往自己的嘴裡狂噴。

福星忍不住輕笑，下意識地快步走向教室。

「嗨！還好嗎大家？」福星笑著招呼，「有什麼我可以幫得上忙的？」

珠月等人動作停頓，回首望向福星。

雖然是不到一秒的片刻，但一瞬間的僵硬與沉默，足以製造出令人不安的尷尬。

「喔，目前沒有呢。」珠月笑著回應，「一切都在掌控之內，福星你去忙你自己的吧。」

福星回頭，看了看教室內。桌椅才剛擺設好，折疊好的桌巾全擱置在其中一張桌面等著鋪設，餐具仍放在紙箱之中。每個人都手忙腳亂，許多人的制服都被汗水濕透。

感覺不像是在掌控之內……

「珠月，那個……」

剛搬完最後一張桌子的布拉德正好經過，看見福星，直接不客氣地開口，「你和夏格維斯之間怎麼了？」

「呃?!」福星沒想到布拉德竟然也知道理昂的事，一時間不知如何回答。

目光游移向周遭，他發現紅葉、翡翠等人也正盯著他看，表情和眼神都非常不自然，有些怪異。

難道，理昂把所有事情和大家說了？知道他背叛朋友、欺騙朋友的事？

福星突然有種墜入深淵的無力感。

啊，他毀了……腦中再度浮現那則令他討厭的寓言故事。

自以為兩面討好的蝙蝠，被拆穿了謊言，最後被走獸與飛禽排擠，落得孤單的下場。

「福星？」

「抱歉……真的很抱歉……」不知道該說什麼，他只能道歉。為所有的事道歉，為他自己的存在道歉。

「為什麼要道歉呢？」珠月苦笑，「你做錯了什麼事嗎？」

福星不語……

是的。他做錯很多很多事。他的存在本身就是個錯誤。

「你有什麼事隱瞞我們嗎？」紅葉輕聲詢問。

福星不語，低頭。

有。他隱瞞了他的朋友很多事。他的話語充滿了謊言。

他不想討好任何人，他只是想有個歸屬。他想要和朋友在一起。

他不想要孤單……

不要這樣……

地面，隱動，以難以察覺的頻率細顫。

還．不．行。

腦海深處的耳語聲響起。

那，來這邊吧。

福星向後退，目光開始飄移迷離。「那個，我還有些事……抱歉，先告辭了……」

熟悉的呼喚感自腦中響起。

「福星？」

福星旋踵回頭，離開教室。像是接到暗示的馴獸一般，順從而盲目地朝著指令前行。

「所以，又怎麼啦？」

從容而悠閒的嗓音，理所當然地從耳邊傳來。福星猛地回神，像是突然被切換頻道一般，有著錯置處境的突兀感，難以銜接。

「啊？」現在是怎樣？

「你看起來很狼狽。」悠猊悠哉地輕翻了一頁擱在腿上的書，夜燈將書頁照成鵝黃。「發生什麼事？」

「悠猊？」他什麼時候過來這裡的？

「園遊會不有趣？」悠猊自顧自地發問，「不用去班上幫忙？」

「沒有。」福星低頭，「況且，他們也不需要我……」

「你確定？」悠猊闔起書，笑看著福星。

「怎、怎麼了？」

「你又搞砸了什麼事？」

「你怎麼知道？」

「不難猜。」

「真的假的……」他的愚蠢已經變成一種普遍定律了嗎？和地心引力一樣成為宇宙法則？

悠猊伸手，輕輕地撫上福星的側臉，「振作起來，賀福星。」

「我也想啊……」

「你是我的王將，我不要喪家之犬。」悠猊冷冷地輕語。

突然轉冷的語調讓福星錯愕。「什、什麼？」

悠猊微笑，繼續輕輕摸著福星的額角。

「回復成你自己吧，沮喪、低落，這不適合你，賀福星。」

悠猊輕輕呢喃，像是催眠一般，字字輕柔地震顫著整個意識。

「不要小看你自己。不需憑靠淫夢妖的魅咒，你有更強烈、更具影響力的本質……用這天然而成的特質，去影響你身邊的人吧。」

福星的意識逐漸模糊。他想要推開這種朦朧而混濁的感覺，卻無力抵抗。

Chapter08

傲嬌什麼的，
其實是某種新型態的社交功能障礙吧

再度回過神，福星正站在人來人往的西花園廣場中央。

呃，怎麼又恍神了？

甩了甩頭，他將停留在腦子裡的昏脹感撇去。不知道為何，原本積鬱在心裡的幽怨苦毒此刻竟然消散了大半。

雖然擔憂的事情還在，但已不再讓他感到喘不過氣。取而代之的是，強烈想將事情解決、躍躍欲試的衝勁。

積在頂上的烏雲散去，只剩零星雲片和點點雨絲。

怎麼回事？雖然不太理解自己的轉變，不過，他並不打算加以探究。

該振作了，賀福星。

正要轉身步回班級教室時，羽泰出現在視線之內，朝他走來。

「終於找到你了。凱爾他們——」羽泰的話語驟止，像是發現什麼異狀一般，靠近福星，仔細地打量，「你剛剛去哪裡？」

「呃，好像在校園裡閒晃吧。」

羽泰挑眉，「好像？你是失智老人嗎？連自己的行蹤都搞不清楚？」

「剛剛有點恍神，最近常這樣。不過沒啥關係啦……」他已經夠驢了，不想讓自己的形象更差。

「你的靈場不對勁……」羽泰閉上眼，感受著那若有似無的異常波動，「你和誰見面了？」

「沒有啊，我只是在學校裡閒逛。有什麼事？」

羽泰睜眼，放棄追究那詭異的波動，只當它是眾多賓客中某個上層生命體留下的磁場。

「凱爾和穆斯塔想和以薩談談。今晚。」

「這麼趕？」

「別忘了你的承諾。明晚兩大闇血族家族的成員會湧入會場，別搞砸了你的票倉。」

福星深吸一口氣，「我會盡力的。」

「話我已經轉達，接下來是你的事了。白泉和護戎那邊，我勸你也快點動作。」羽泰冷哼了聲，朝著與人潮相反的方向轉身啟步。

「你不逛了嗎？」

「沒興趣。」羽泰抬頭望著大空，「無聊死了。我只希望快點結束。」

福星按著工作分配表，找到了被分到南區外賓接待組的以薩。

以薩被安排在茶水間收拾餐盤。他的制服下襬拉出，袖子捲到手臂，領口的釦子鬆開了兩顆，棕髮因汗水而尖成一束束，看起來極為隨性，凌亂中帶著陽剛的帥氣。

「以薩！」

聽見叫喚聲，以薩回首，原本陰沉平靜的臉，見到來者，立即漾起笑意。

「福星！」將手中的東西隨手擱置一旁，以薩顯得相當愉快地走向福星，「你忙完了？班上還好嗎？我的勤務一直沒有間斷，還沒時間回班上的攤位看呢。」

「嗯。那個，可以單獨和你談談嗎？」

「可以呀。」以薩微笑，轉身向領班的學長交代了聲，便和福星來到外頭走廊的底端。

「怎麼了？」

「那個……嗯……」福星努力想著要如何啟齒。

該怎麼開口呢？先寒暄幾句吧，等聊開了氣氛不錯之後，再循序漸進地步入正題。一方面不會太過突兀傷了和氣，一方面可以安撫人心、放鬆戒備。

好，就這樣！非常完美！

「以薩？」

「嗯？」

「罪孽之子是什麼？」啊！毀了！

以薩的表情微愣，但沒有太大的反應，剛毅的面容略顯現出些許的無奈。

「是凱爾他們和你講的？」

分。

「不，他們什麼都沒講……」

「那是為了什麼呢？」

福星咬牙。算了，乾脆直接說！

「凱爾和穆斯塔想和你談談，你同意嗎？」

「……為什麼是福星來說情呢？」

「呃，這個……」

「他們威脅你？」向來內斂而靜默的臉，瞬間轉為冷厲。

令人心寒的壓迫感與殺意，直籠而下，令福星不禁退了一步。

以薩總是溫和內向、老實忠厚，連白天都冒著曬傷的危險修課，讓福星差點忘了他的身分。

闇血族，以薩．涅瓦……

「不、不是的！」福星趕緊解釋，「應該說，我欠他們人情。因為他們幫了我一個忙。」

「凱爾和穆斯塔幫你忙？」以薩覺得相當不可置信。

福星用力點頭。「嗯，是啊！」

「唉……」

「如果你真的很不想面對他們的話沒關係的！我會自己想辦法！」與其讓朋友做出痛苦的

決定，不如他自己承擔一切！

「沒關係。如果福星希望的話，我可以過去。」

「真的嗎？」

以薩木訥地點點頭，然後小聲地、很不好意思地細細低語，「連凱爾都幫你忙了……我也想幫福星的忙……因為福星是我的朋友……」

天啊！以薩！他的心快揪起來了！

「不要擔心，如果他們欺負你的話，我馬上叫人來蓋他們布袋！」

「福星，謝謝……」

第一個難關順利解決。以薩同意見面，凱爾和穆斯塔的要求完成。

「你們要談什麼啊？」心情稍微放鬆，福星開始回復好奇的本性。「凱爾他們好像很……尊敬你？」

雖然之前態度看似惡劣，但尖銳的語言下，隱藏著濃厚的激將意味。

以薩淡然回答，「想要我回歸，領導右派，成為眾家族的首領。」

「以薩……你家很有錢喔？」

「不窮，但重點不是財富。」

「那是？」

「因為我的血統。我是罪孽之女的最終末裔。」

「呃？」

「回答你剛才的問題。」以薩深吸了一口氣，「我的全名是，以薩．克斯特．涅瓦。我是罪孽之女，血腥夫人麗．克斯特最後的直系血親。」他停頓了一下，略微遲疑地繼續說著，「學園裡除了歌羅德和部分教授之外，只有理昂知道吧。畢竟這也不是什麼光榮的事……」

福星愣愣。

麗夫人的血親?!

啊，難怪，當初幽靈騷動時，理昂堅決否認麗夫人作祟的說法……

因為她的子孫在這裡呀。

「福星，」以薩不安地看著福星，「你討厭我了嗎？」

「怎麼會！」福星從震撼中回神，「只是有點驚訝。」

以薩微笑。兩人一同走回茶水間。

「那個……」福星突然想起某件事。

「嗯？」

「不好意思耶，上去你阿嬤家，我不小心把她的畫踢破了……」

以薩輕笑，笑得十分燦爛。福星也跟著笑了起來。

指引著以薩前往約定地之後，福星立即趕往下一個目的地──醫療中心。

急促的腳步聲在雪白長廊中響起，穿過層層樓梯、重重門扉，來到了最常拜訪的診療室。

「唰！」

門扉被拉開的同時，話語劈頭響起。

「老姐，可以拜託妳一件事嗎？」

「不行。」芙清一手撐著頭，抬也不抬地盯著螢幕，淡定回應。

「妳又還沒聽我說！」福星步入屋中，逕自坐入辦公桌旁的位置。

「有些答案不一定要知道題目才能回答。」

「後天的晚宴，拜託妳當萊諾爾的女伴？」

小柿立即熟練地遞上一杯現沖的感冒糖漿綠茶少冰。福星豎指給予肯定，舉杯輕啜。

「不行。」

「為什麼拒絕？」

「為什麼要答應。」

「人家萊諾爾很好啊！」福星滔滔不絕地開始遊說，「他長得又帥又高又壯，而且還是西北狼族的領袖呢！妳不覺得他深藍色的眼眸很迷人嗎？想想被那精壯的手臂勾住腰、一同共舞的感覺，想想將臉頰靠在那精碩胸肌上的觸感——啊，真是令人沉醉！」

「……這是出櫃宣言嗎？」芙清皺眉，望著福星，「你看起來很渴望他的肉體，需要我幫你約萊諾爾嗎？」

「並不是！」

「加油。」

「不要露出那種奇怪的笑容！」

「為什麼你要幫他？」

「我欠他人情。」

「所以你就把你姐姐給賣了？」

「我只是幫他問問而已，」福星認真地開口，「如果妳真的不願意的話，我會轉告他的。」

賀芙清長嘆。這個蠢弟弟八成又闖了什麼禍要人善後了……

「只有晚宴一晚的話……」

「妳答應了？」

「如果想要我同意，叫他明早來實驗室見我。」

「呃，妳要對他做什麼？」

「我想深入了解我的舞伴。」芙清勾起笑容，「很深。非常深……」

福星知道那笑容的意味。那是老姐找到新玩具時的表情。

萊諾爾，加油吧。

搞定芙清之後，下一站，倉庫。

「子夜在這裡嗎？」步入比平日混亂數倍的倉庫，福星四處張望，找尋人影。

「在。」子夜的聲音悠悠地從角落響起，接著雪白的身影緩緩從疊成平臺的矮箱上站起，懷中還抱著一隻寒川的黑羽兔式神。

「一起去找羽泰吧！」

「為什麼？」

「幫我。」

子夜停頓了一秒，「好。」語畢，牽著福星的手，準備離開。

「喂喂喂！你想走？」寒川的吆喝聲隨即響起，矮小的身影擋在兩人面前，氣沖沖地開口，「現在這裡忙得不可開交，你給我留下來，休想——」

接下來的話語，因福星從背包裡抽出的東西戛然而止。

福星握著一個淺棕色的泰迪熊玩偶，堵在寒川面前。

「Steiff金耳釦泰迪熊，復刻限量版。全球只有一千九百一十一隻。附證書和序號。」這是琳琳出國旅遊買回來給他的禮物，他超珍惜的！

寒川瞠目結舌，不可置信地盯著玩偶，像著了魔一般忍不住伸手向前。

福星立即把熊高舉，不讓寒川如願。

「這個，換兩天班。」

「不行！現在是關鍵時期，一天！」

「那我送別人。」

「一天半！這是最後極限！」

福星皺了皺眉，「好吧。」他放下手，將泰迪熊遞給寒川。

寒川如獲至寶一般地捧著，開心地盯著玩偶，幾秒後意識到自己的失態，立即收起笑容，嚴肅地將泰迪熊擺到身後。

「我這是幫我姪子拿的。」

「是是是，我知道啦！」福星沒好氣地挑眉。

搞定寒川之後，福星領著子夜，一路直殺南校迎賓會館，羽泰的寢室。

「叩叩叩叩叩叩叩叩叩——」

急促而連續的敲門聲響起，換來不耐煩的甩門。

「搞什麼——」

「是我。還有，子夜。」福星將子夜拉到身邊。

「晚安。」子夜伸手，幽幽地打了聲招呼。

面對這突然的打擾，羽泰極為不悅，瞪著福星，破口大罵，「無禮的傢伙，你以為現在是——」

「子夜，你討厭羽泰嗎？」福星忽地開口。

這問題讓正要爆發的羽泰硬是截斷怒氣，盯向子夜，心驚地等著答案。

子夜緩緩開口，「不會啊。」

羽泰偷偷鬆了口氣，然後再度準備開砲。「賀福——」

「子夜喜歡羽泰嗎？」

砲火，再度硬生生截斷。

子夜沉默了幾秒，「……或許吧。」

羽泰愣愣，一時不知道如何反應。

「很好。」福星將子夜拉到門前，用力推向房中，正好撞個羽泰滿懷。

「慢慢聊吧。人我送到了，接下來看你了。」

語畢，關上房門，快步離去，轉往樓頂的交誼廳。

福星打開門，只見白泉、護戎，及萊諾爾正坐在屋裡，逕自做著自己的事打發時間。

「發現自己的無能，來求饒？」護戎拋玩著骷髏頭造型的尖錐，「愚弄我們的代價可是很高的……」

「我無能的事不用去發現，用眼睛看就知道啦！」福星沒好氣地自嘲，「你想要讓丹絹對你放鬆戒心的話，先改一下你的造型和口氣吧。丹絹不喜歡離經叛道的東西。」

護戎皺眉，不悅地將錐子用力插入木桌。「再說一次，你的腦殼就和這張桌子一樣。」

「沒差啦！反正早就壞得徹底，不差一、兩個洞！」福星豁出去地繼續道，「我不知道你為什麼把自己搞成這樣，但如果你希望和丹絹之間關係好轉的話，先努力讓自己像個人吧。」

「你——」

「還有！丹絹他愛面子，而且自尊心很高，你只要稱讚他的智慧一、兩句，就能讓他開心得屁眼噴絲。」

這比喻讓護戎露出難看的表情，「你的用詞可以文雅一點嗎？」

「我以為這樣的措詞比較合你的胃口。」福星嘿嘿一笑，「我覺得丹絹應該很在乎你。」

「憑什麼這樣確定？」

「或許他有點怕你吧。但如果他不在意你的話，他會連理都不理。他在共同課時偶爾會盯著你看，然後露出感慨的神色。你們的關係是從一開始就這麼惡劣嗎？」

護戎沉默。片刻，斷斷續續地低語，「小時候……還沒那麼糟……」

曾經有一段時間，他們甚至以朋友相稱。

但是，族長的命令，山之族裔間的規矩，不得不遵守奉行。

「不要和蜘蛛走太近！他們只是下人。」母娘如此告誡。

如果不想奉行規定，那麼只有離開一途。

丹絹選擇了離開。

這讓護戎覺得自己被丟下、被背叛。

他恨丹絹，也恨周遭的人。他的行為漸漸脫序，愈加叛逆，一部分是為了洩憤，一部分是為了表達自己微弱的反抗。

福星看著護戎，不再多講。接著，將目光轉向白泉。

「如果喜歡紅葉的話就直接說，不希望她被搶走的話就給她自由。」

「你以為你很懂？」白泉冷冷輕嗤，「你的建議有參考價值？」

「至少我和紅葉的關係比你好。」

白泉皺眉，瞪著福星幾秒，發出一陣輕嘆。

福星隨即望向萊諾爾，「如果想約天清的話，立刻去醫療中心報到，她在那裡等你。」

「她答應了？」

福星露出難以言喻的苦笑，「要看你的表現了。」

萊諾爾挑眉，露出極感興趣的神色，殊不知悲慘的未來正等著他。

「話已傳到。我先離開啦！」福星走向門扉，停頓了一下，「祝大家學園祭玩得開心。」

「你講話向來都這麼簡單直接嗎？」

「並不是。其實我非常非常聒噪多話，吵到讓人受不了。」福星看了看錶，「只是我有點累，而且在趕時間。」語畢，推門，爽快離去。

雖然有點隨便，但第三關，勉強搞定。

拖著疲累的身軀，眼看園遊會的第一日即將結束，大多數的攤位已熄燈。

踏著沉重的步伐回到寢室，開燈。

屋內沒人。

還有兩天。

福星長嘆一聲。強迫自己振奮精神。

他要扭轉現況。崛起吧，賀福星！

次日，福星起了個大早，趕工完成寶瓶座的事務。時間已過中午。略過午餐，直奔北區大樓，奔回二C的攤位。

「大家，我回來了！」推開門，福星大聲地宣告自己的存在，吸引住全部人的注意。

「福星？」

「福星，你不是在忙嗎？寶瓶座全員還在執勤中吧？」珠月關切地開口。

「我做完了！」

「那寒川那邊——」

「我和寒川請假了。我想回來幫忙大家。」福星走向空桌，將桌面上餘留的餐盤拿起，「這要收到哪裡？要洗嗎？」

珠月從福星手中接下杯盤，溫柔地笑著，「沒關係的，你真的不用勉強。」

「一點也不勉強！」福星轉頭，掃視了全班一眼，目光在他的伙伴身上停駐。「朋友本來就該互相幫助，對吧？」

翡翠、紅葉、妙春、布拉德、丹絹紛紛停下動作，看著他。

「況且……」福星打量整個攤位，發出慘不忍睹的嘖聲，「這樣的攤子太爛啦！再搞下去包準吊車尾！」

「你又知道了？」丹絹忍不住開口。

「哼哼，對於吊車尾，我可是比你內行又資深多了！」福星得意地說著。

「這倒是。」

福星立即將注意力轉向收銀臺的翡翠，「目前為止進帳多少？」

翡翠略微詫然，但仍冷靜地回答，「七十歐元。賣了九杯飲料、兩份蛋糕。」

紅葉笑呵呵地前來揶揄。「氣色不錯唷？是瑪格麗給了你什麼提神的服務嗎？」

「哪比得上紅葉一個笑容來得帶勁。」福星燦笑，「在我眼中，紅葉最正最迷人。」

紅葉愣了愣，心花怒放，「你這死孩子。」

「你有什麼高見？」布拉德淡漠地開口，「說來聽聽。」

「這樣的店，不對！」

「貨都進了，店也開了，沒辦法改了。」

「東西沒有問題，人不對。」福星盯著負責擔任服務生的女同學們，露出有如檢疫人員般精悍老練的目光，「為什麼都穿制服？這樣不行啊！」

「不然要穿什麼？」

「要穿些吸引人的東西！」

「比方說，國王的新衣？」紅葉笑著提議，「這樣的店日本有喔，一杯咖啡可以賣到五十歐元呢！」

「呃，這樣口味太重了，而且可能被檢舉妨礙風化。」福星委婉地駁回。「重點不是穿得多少，而是要勾起人們的夢想和想像啊。」抽出ＰＳＰ，快速點開遊戲畫面。「這套、這套、這套還有這套。至少換上這樣的服裝！」

「女僕？」

「不是貓妖也要戴貓耳嗎？」

「這件旗袍好像還不錯。」

「水手服和制服有差嗎？」

「這種蘿莉風的洋裝妙春穿應該會很可愛。」

眾人七嘴八舌地討論。雖然質疑和肯定交雜，但原本蕭條沉悶的氣氛在人聲中漸漸掃去。

「但是，誰有辦法在短時間內弄出衣服？」彌生提出關鍵問題。

場面沉默了兩秒。

珠月不太確定地開口，「紡織的話，我記得是蜘蛛精的天賦……」

眾人目光緩緩移向站在角落擦著玻璃的丹絹。

「幹嘛？」丹絹皺眉，口氣不善地回瞪。

「幫個忙吧，丹絹。這些衣服就交給你啦！」

「該死的為什麼我要做這些事！」

「難得你對班上有貢獻，別那麼絕情嘛！」紅葉笑著附和。

「哼！」

「不然，丹絹自己也來一件吧？」妙春天真地提議。

眾人露出尷尬的神情。

福星委婉開口，「妙春，丹絹可能不太適合喔。」這提議令他毛骨悚然。

「不，未必。」翡翠意外地淡然反駁。「丹絹的腿很細很長，穿旗袍可能不錯。」

「你怎麼知道？」

「之前洗澡時稍微觀察了一下。」

「你有病啊！」丹絹的臉氣得漲紅，「你觀察我幹嘛?!」

「實不相瞞，那時候我進了一批塑腿襪，本來想找你當使用後的模特兒。」翡翠坦白，「既然提到了那就順便問一下，下次進的勾花內搭褲是否可以請你協助？」

「我才不幹！」

「放心，不會露臉，我只要你的下半身就夠了。」

「下半身也不讓你用！」

「噢！要命！」珠月發出中槍一般的低吟，接著彎腰撫肚，雙肩壓抑不住地顫抖。

翡翠和丹絹面面相覷。

「她在笑什麼？」

「不要知道會比較好。」

討論聲此起彼落，回復了二C往常的歡鬧和熱絡。

工作重新分配，福星一方面協助丹絹製衣，另一方面在外場協助，並派紅葉和洛柯羅舉著新完成的告示牌在校園巡迴拉客。

傍晚時分，十件織工細密、華美精緻的角色扮演服裝展現在眾人面前，負責外場的女同學紛紛換上服裝，立即博得驚豔及迴響。

換上女僕裝的紅葉，以及執事裝的洛柯羅，在傍晚時再度出巡。然後，有如魔之吹笛者一般，領著一大票著迷中魔的人們，進入二C的店鋪。

別說外人，就連同班的布拉德，一見到戴上貓耳、穿上水手服的珠月，整個人失神好一陣，有如金魚糞一般，不自覺地跟在珠月身後移動。

二C的情勢逆轉，營業額和人氣急起直追。

福星與翡翠等人的互動似有轉變，但他感覺得到，彼此之間彷彿隔著看不見的屏障，有個結阻在心與心之間。

至夜晚時分，理昂仍然不見蹤影。

終幕前倒數第二夜，在些許期待、些許遺憾中畫下句點。

SHALOM ACADEMY

Chapter09

友誼就像尿結石，

以為毀了但其實沒那麼容易消失

SHALOM ACADEMY

學園祭終幕之日。

一大早，二C的攤位便生意興隆。丹絹熬夜趕工做出更多服裝，不僅女生，連男生的服飾都有了，女客量也隨之大大提升。

「福星，你的票數在竄升！」從外頭回來的維恩和薇琪興奮地分享著最新消息。「目前已經進入前五強了呢！」

「什麼？」這消息讓在場所有人感到訝異且好奇。「怎麼會這樣？」

「外賓票全都注到你的票箱裡。」薇琪邊說邊回想，「好像都是寇斯卡特家族和特瑞亞家族的人投的？還有很多南校的票。為什麼他們要幫你啊，福星？」

布拉德望向福星，淡然開口，「你認識凱爾和穆斯塔？」

「這個……我之前和他們聊過天，好像和他們處得還不錯吧？」

「只有死人或既聾且瞎的人才有辦法和他們處得不錯。」丹絹冷哼，「賀福星，你是哪一種？」

眾人不語，難以忍受的尷尬感再度浮現。但沒時間停頓太久，不斷入場的客人讓眾人無暇顧及其他。

福星默默地幫忙收拾東西。

下午時分，寒川的黑羽兔式神出現在店內，帶來口信。

——情勢不妙。急返。

不安感襲上心頭，便趁著午後換班的空檔，福星匆匆離開教室，直衝向倉庫。

「怎麼了？」福星推開門，劈頭就問，「現在第一名是誰？」

「理昂．夏格維斯。」

「什麼?!」

「特瑞亞家和寇斯卡特家的票是注入你的票箱沒錯，但是因為這兩個家族樹敵很多，所以意外地讓其他家族的人團結，叩起來將票投給理昂……」

「怎麼會……」這真是始料未及！「那勳章呢？調查有進展嗎？」

「頂替的已經製作完成並交出去了，但本尊還沒找到。」寒川眉頭深深皺起，「說到這個，有件事非常奇怪，當夜值勤的布朗尼失蹤了。」

「跑路了喔？」

「不對，是完全蒸發，消失在學園裡。布朗尼能生存的地方已經不多，夏洛姆算是他們的樂園，不可能想離開。況且在進入學園當差役時，都簽定了具有咒力的契約，不得隨意離開校園。因為布朗尼是低階的特殊生命體，要是被白三角抓到，難保會為了活命而說出有關夏洛姆的訊息……」

「怎麼會不見？該不會……」死了？

「連屍體也沒找到。雖然說夏洛姆地大，要藏屍很容易，但我用了偵測咒，校區範圍內並沒有符合的死體。」寒川頓了頓，「除非屍體在日落森林。」

「但為什麼有人想要偷那種東西。以前有失竊過嗎？」

「沒有。」寒川抬起頭，以凌厲而陰沉的目光盯著福星，「我也很好奇，為什麼這兩年意外事件會變得這麼多。而且有一半是和你有關。」

「我不知道……」福星躲避著寒川的目光，躲避這令他不安的問題。

「賀福星，你到底有什麼祕密？」

「我不知道！」他什麼都不知道！他只是一個既平凡又無能的半吊子蝙蝠精而已啊！

寒川看著福星，沉默了幾秒，輕嘆。

「算了，你回班上吧……我會想辦法的。」

福星低下頭，「抱歉……」

寒川不發一語，起身，步入倉庫內側。

「還剩十小時開票。你好自為之吧。」

傍晚五點，主堡開啟。連接著房間與房間的隔牆降下，整座城堡的一樓與二樓完全相通，成為一個巨大的殿堂。

盛裝打扮赴宴的人潮魚貫入室，被指派為入口接待員的福星站在大廳外側，發送紫色鳶尾花胸針給來賓。

穿著燕尾服的凱爾和穆斯塔出現。福星走向他們，一同來到人較少的柱子旁。

「抱歉，我們盡力了。」穆斯塔蹙眉，似乎對開票結果非常在意。

「沒關係！真的很謝謝你們！」福星由衷地感謝，「那個，以薩他……答應了你們的要求？」

「沒有。」

「呃！」

「但也沒有拒絕。他說他會考慮。」凱爾的嘴角微微勾起，「這已經比以往改善很多了。」

「這樣呀。」

「你加油。」凱爾用力地握住福星的手，「別放棄得太早。」

「謝謝！」福星本想和凱爾多說些什麼，但他的眼角餘光捕捉到了一道令他在意的身影。

穿著深色西裝的理昂，出現在會場。

「抱歉！我先告辭！」

福星匆匆道別，立即奔向那個讓他擔憂在意數日的人。

「理昂！」

站在人群之中，理昂宛如夜之王者。他聞聲回首，漠然地看著大步衝向自己的福星。

福星大口喘著氣，「那個，可以單獨和你說話嗎？」

「憑什麼？」

「真的很重要的事。」福星認真地懇求，「拜託，我知道你討厭我，我知道我做再多事都無法彌補或挽回，但是我有些話想和你說，好嗎？」

理昂冷睇福星幾秒，閉上眼，睜開，眼神不耐煩地瞥向一旁。

「走。」

「謝謝！」福星露出由衷慶幸的笑容，隨著理昂前往主堡外側的草坪。

「這裡沒人，說吧。」理昂冷聲催促。

福星深吸一口氣，「你能不能退出比賽？」

「憑什麼？」理昂雙手環胸，露出輕蔑的嗤笑，「這麼想贏？我沒想到你為了勝利，竟然連尊嚴都不要了。」

福星咬牙，低頭，「隨你怎麼說，我就是想要贏得比賽！」

「你想證明什麼？」

「我想證明我不是無能。」福星抬起頭，直視理昂，「但和比賽無關！」

他真正想證明的是，他就算一個人也能解決問題！

他想證明，自己並非一無是處、只能靠人幫助！

「所以？到底是為了什麼？」理昂瞪著福星，等待著答案。

福星咬牙不語。

「你想說的就是這些？」理昂發出冷哼，「抱歉，我無法被這麼拙劣的言辭說服。」語畢，旋身準備離去。

拉著理智的最後一根弦繃斷，福星再也無法忍受。

「為了你啦！混帳！」啊啊啊！他不管了！「我不想看到我的好友死掉啦！」

理昂停下腳步，「你說什麼？」

「夏洛姆之星被我弄丟了，寒川和我做了一個仿冒品頂替，但是上面鑲嵌的是光精靈結晶，你一領獎就會變成橡皮擦屑屑的灰渣，等著別人收屍啦！」福星一古腦地傾洩而出。所有的祕密，隱忍多日的真相，在此揭曉。

「所以你是擔心謊言被拆穿，失誤被眾人發現？」

「誰擔心那個！我是擔心你死掉啦！」福星突然忍不住大吼大哭起來，「我不要你死掉啦理昂！你不可以死啦！嗚嗚嗚嗚！我不要一個人睡！我不要在房間裡設靈堂！理昂——理昂啊！」

哭聲淒厲，如喪考妣。

看著一臉糊花的福星，理昂長嘆了一聲。

「為什麼不早說呢……」理昂的聲音變得溫柔，但悲憤交加的福星聽不出來。

「我怕你們討厭我。我已經一無是處了還一直出問題！好不容易當個傳遞員，卻連這點簡單的任務都做不好……」

「所以你寧可去找南校幫忙，也不願意找我們？」

「我不想拖累你們！」福星抽了抽鼻子，「我不想要……你們為我擔心……」

理昂閉上眼，深吸了口氣，吐出無奈。

「為什麼你這麼蠢呢……」理昂睜開眼，回首對著一旁的灌木叢說道，「好，謎底揭曉了，出來吧。」

「啊？」福星發出疑問。

樹叢微微顫動，原本躲在後方的人，一個接著一個走出。

翡翠、洛柯羅、丹絹、紅葉、妙春、布拉德、珠月，一一現身，一臉沒輸。

「大家？」福星驚訝地看著眾人。

「你根本藏不住心事，就像妄想用屁股藏住糞球的糞金龜一樣。」丹絹怒吼，「你對護戎做了什麼？他穿著西裝、梳著三七分髮型出現在我面前，差點讓我嚇到失禁！」嘴上雖然罵，但臉上卻藏不住明顯的笑意。

福星眨了眨眼，對於護戎的作為感到訝異。

「瑪格麗來和我道歉了，她還說了一些事。」翡翠淡然地看著福星，「我不怪你，但我還沒原諒你。」

「翡翠——」

「除非你幫我推銷夏季草本護膚組，否則這件事我和你沒完。」

福星愣了愣，笑出聲。

啊，這麼貪財又斤斤計較，這才是翡翠啊！

「白泉派人送了三箱雪山清釀到我的寢室，還附了一張卡片。」紅葉的臉上掛著笑意，「以他而言，這算是有史以來最識相的表現了。」

布拉德直接伸手揪起福星，「你竟然和萊諾爾聯手？這筆帳下次和你算！」

「你以為我們沒發現你的異常？」珠月不能苟同地搖了搖頭，「你讓我們都很擔心呢……」

「你這笨蛋！」洛柯羅嘟嘴用力地哼了聲。

「你這白痴。」理昂冷冷低語。

「你這誘受。」妙春不干示弱地補了一槍。

詭異的詞彙突然出現，眾人的目光移向妙春。

「這個詞不適合用在這裡喔。」珠月笑著提醒。

福星難掩心中的激動，彎下腰，大聲地開口，「對不起！」

「你早該道歉了！」布拉德狠狠地敲了福星的頭一記，「學園祭結束後再和你算總帳！」

福星撫著後腦勺，吃痛地抬起頭，「呃，那現在怎麼辦？只剩五小時就要終止計票了。」

「放心，不用擔心那種事。」

「但是──」

「園遊會還剩三小時，福星，我們一起逛吧。」珠月溫柔地拍了拍福星的頭，「這幾天你都在忙，一定沒有好好參觀吧。」

「但、但是──」可以這樣嗎？他什麼事都不用做嗎？

「冷落我們這麼久，現在要補回來喔。」紅葉媚笑著勾起福星的手腕。

「我還在執勤──」

「值勤比我們重要嗎？」翡翠反問。

「怎麼可能啊！」福星脫下寶瓶座執勤服，隨手搭在肩上。「走吧！」

和伙伴們同行在星光月夜之下，福星覺得內心被某種東西填滿。

名為幸福的東西。

園遊會進行到第三日，攤位和前兩日大同小異，但前幾日福星因為心有掛慮，經過五花八門的攤位卻無暇也無心駐足觀看，只是匆匆走馬看花，此刻才真的有心情好好去觀賞。

一年級的攤位不多，大多報名表演。二B的攤位占地最廣，東北中庭草坪的三分之一都是他們的地盤，搭起了一排長長的棚子，放眼望去，儼然就是夜市的縮小版：撈金魚、吊酒瓶、BB彈射擊、飛鏢、炸雞排、手搖飲料……應有盡有。

長棚的最邊緣，還有個小小的獨立空間，掛了塊中式的布幡，上面寫著「**鐵口直斷八字論命——免費**」。

福星朝著算命攤走去，赫然發現坐在攤位中穿著馬褂、彷彿江湖郎中的人，正是小花。

「嗨，好久不見。」

「不到一週，不久。」

「你們攤位真是……驚人。」福星遠望人來人往的二B攤位，「這都是小花妳的點子吧。」

「是啊。既然身為夜市王國的子民，當然要有些作為。」

「真了不起，竟然有辦法做到這種程度。」

「不全是靠我。」小花低下頭，「我們班的人沒什麼用處，但是至少在配合度上無可挑剔。」

這是小花第一次稱讚人。福星發現，二B的學生都非常賣力地工作著。或許在小花的鐵血執政下，大家也漸漸習慣這位暴君的統治了。畢竟小花有能耐和實力讓人懾服。

「妳會算命？」

「這麼不科學的東西，我怎麼可能會。」

「那妳還——」

「情報足夠就可以。」

「真的免費嗎？」

「算命免費。」

「這樣能賺嗎——」

說到此，一名少女正好走向攤前坐下，福星趕緊退到一旁，偷偷觀察兩人的互動。

「想問什麼？」小花端出一顆水晶球，擱在面前。

少女將長髮撥到腦後，「我想問感情方面的事。」

「妳是三C的花精靈，蘿拉是吧。」

少女愣愣，「妳怎麼知道？」

「天機不可洩露。」

蘿拉點頭，「我最近——」

話語未落，小花立即開口，「妳的男友並沒有和一年級的學妹有瓜葛。」

蘿拉再度愣愣，「妳怎麼知道？我都還沒發問！」

「天機不可洩露。」

蘿拉嘖嘖稱奇，「大師真是厲害。」

「還好。」

心中擔憂的事解開，蘿拉顯得相當愉悅，準備起身離去。

「謝謝大師，那麼——」

「妳男友，三D的豹人席亞，他是和一年級的學弟搞在一起。」

蘿拉臉色驟變，「什麼?!不可能。」

「要看證據嗎？」小花勾起嘴角，露出奸商的笑容，「一張十歐元。」

五分鐘後，蘿拉留下七十歐元，握著七張照片，臉色和鈔票一樣綠，惱怒著離開。

福星瞠目結舌。

太強悍了，小花！

「園遊會好玩嗎？」小花忽地開口。

「妳沒去逛？」

「沒時間，忙著賺錢貼補。」

「你們的攤位應該賺很大吧？」幹嘛這麼拚命？

小花輕嘆了口氣，「被陰了，算我疏忽，沒計算到……」

福星本想追問，但被突然出現的布拉德打斷。

「這裡滿有趣的。」布拉德看向小花，「聽說都是妳設計的？」

紅葉和妙春正好牽著手經過，看到福星和布拉德，她們也走近，好奇地聽著。

「是的。」小花正襟危坐，僵直地回答。

「了不起。」布拉德讚賞，「可以導覽一下嗎？」

「當然。」小花起身，從桌子底下拿起「休息中」的牌子擺在桌面，離開小算命攤，領著布拉德等人在自己班的攤位參觀。

「那裡是撈金魚，一次一歐元，兩支網。然後是ＢＢ彈射擊、吊酒瓶、射水球……都有小獎品可以換。」

「這東西怎麼玩啊？」布拉德詢問，準備掏錢躍躍欲試。

「如果要玩的話，我建議去三Ａ。」

「為什麼？」

小花的表情變得有些複雜，「三A的攤子和我們幾乎一樣。我正好也要去看看，一起去吧。」

心中雖有些疑慮，但眾人還是跟著小花穿越校園，來到西北角的花崗岩庭園。

只見規模、布景幾乎與二B大同小異的長棚出現在眼前，棚下販售的東西更是一模一樣。

小花站在原地，冷冷地主動解釋。「三A的寶瓶座幹部是收攤位企劃的，從構想到訂貨完全和我們班一樣。」

「所以是被抄襲了？」

「我去質問了，但得到的答案是『巧合』。」

感覺很過分……所以，小花才要設算命攤賺錢，貼補虧損……

小花看似從容，但福星發現她緊緊握拳，關節泛白。

「差勁。」布拉德不屑地冷哼，「有辦法讓他們虧本嗎？」

小花抬起頭，看著布拉德，「有，如果將所有獎品贏走的話。」

「可能嗎？」

小花勾起嘴角，露出自信的笑容。「當然。」

「讓我見識一下吧，初代貓妖。」布拉德一臉期待。

「其實這是有訣竅的。」小花領著眾人走向BB彈射擊的區域，付了錢，以專業教練般的口吻說明。

「首先，將子彈填滿，」小花一手抄起槍，俐落地倒入顏色鮮豔的小珠子，「然後——」槍口轉向站在一旁顧攤的三A學生，「往老闆的眼睛掃射，趁他們無法睜眼，搜刮架上所有獎品。」

「啪啪啪啪啪啪！」

「小花！」

哀號聲響起。小花躍起，揮爪，將支撐獎品的架臺削掉一角。整座高架瞬間崩毀，獎品散落一地。

「射水球的必勝祕訣，道理也大同小異。」小花走向旁桌，抓起一把飛鏢，「將所有飛鏢朝老闆的要害射去。」邊說邊將銀鏢射向朝他們奔來的三A學生。

哀嚎聲再度響起。

「然後，趁他們無法行動，搜刮架上所有商品。」

小花正要躍起，布拉德和福星相當有默契地同時伸手將她揪住，一行人抓準時機開溜，遠離是非之地。

「小花妳搞什麼啊！」

「太瘋狂了。」

「但頗刺激的，呵呵。」紅葉笑得很開心。

「誰叫他們抄襲我的點子？」小花心有不甘地開口，「有勇氣犯賤就要有勇氣承擔。」

「妳的做法太誇張了啦！」

「誇張？」小花不屑地冷笑，「我還沒示範吊酒瓶的過關方式呢。」

「那是怎樣？」妙春好奇地發問。

「首先，將酒瓶舉起，往老闆頭頂用力砸下，趁對方尚未回復意識——」

「夠了夠了！」福星趕緊阻止小花繼續教壞小孩。

「哈哈哈。」布拉德朗笑，「妳夠猛，我欣賞妳的作風。」語畢伸手在小花的肩上拍了兩下。

「嗯。」小花點了點頭，看起來沒什麼反應。

但重新啟步時卻同手同腳。

晚宴的高潮，月夜舞會即將開始。

距開票時間兩小時。

理昂與福星的票數差九十一票。

回到主堡的大廳，樓上樓下都布滿了學生。

紅葉牽著妙春，在眾愛慕者的簇擁下，像女王一般高調地步入舞池中央；珠月和小花跑到角落，拿著數位相機不知道在彼此分享著什麼；熬了兩天夜的丹絹，逕自坐在一旁閉目打盹；翡翠領著一直吵著要吃點心的洛柯羅，到二樓的自助餐區覓食。

剩下理昂陪在他身邊，福星靠著牆休息。

輕柔的音樂響起，場中人開始成雙成對地跳起輕快的舞步。

福星在舞池中央看見兩個顯眼的身影，老姐和萊諾爾。

芙清今晚穿著深酒紅色的晚禮服，和黑色長直髮與雪白肌膚十分相襯，是場中引人注目的焦點之一。

她身旁的萊諾爾看起來英姿煥發、挺拔軒昂。但福星覺得，萊諾爾的臉色有點蒼白憔悴，走路時的姿態有點不太自然。

老姐啊……妳到底對人家做了什麼……

「要去跳舞嗎？」理昂的聲音響起。

「不用了，我不會跳，而且我也沒有舞伴。」

「我可以當你的舞伴，順便教你……」溫柔的嗓音輕輕敲入福星耳中。

福星愣了愣，抬頭，看見一個不妙的東西。

「你手上拿的是什麼？」

理昂看了看自己右手的高腳杯，「飲料。」

「借我一下。」福星接下酒杯，嗅了嗅，認出是香檳。

雖然酒精濃度很低，但是對理昂來講，已經足以讓他產生異變了。

「你還好嗎？」福星膽戰心驚地問。

「有點不太好。」理昂輕撫額頭，然後自嘲一笑，「我竟然這樣就想約你跳舞。呵……」

福星稍微放心。看來理昂還沒醉得太誇張。

「等我一下。」

理昂走出大廳，五分鐘後，拎著一疊衣服歸來。

「理昂？」

「換上它。」理昂將衣服塞給福星，「我回班上拿的，很適合你。還有假髮。」

福星不安地將衣服展開，粉藍色的愛麗絲風洋裝呈現眼前。

「這、這是女裝啊！」福星慘叫。

「是啊。」理昂勾起嘴角，露出讓人心醉的迷人笑靨，「沒換上好看的洋裝，怎麼能跳舞呢。」

「但是我不想——」

理昂的表情瞬間變回平日的冰冷肅殺，「不、准、拒、絕。」語氣中有著無庸置疑的權威，下一秒，卻又轉為春風般溫柔的笑容，「快去換衣服吧，福星。」

福星的臉色轉青。

這是最糟的情況。只醉一半比全醉更要命！此刻的理昂，根本就是惡魔與天使的共同體。

「我、我——」

「立、刻。我不想說第二次。」

「遵命！」福星抱著衣服，趕緊離開現場。

十分鐘後，繫著深藍緞帶的雙馬尾愛麗絲，降臨。

福星又羞又窘，他覺得自己經過之處每一個人都在看他。

「啊，多麼迷人的鈴蘭。」理昂主動走向福星，牽起福星的手，移到自己唇前，「與我共舞，為我綻放吧。」

周遭的女性聞言，全都露出羨慕而陶醉的表情，以嫉妒的目光掃射福星。

福星的臉色更加僵硬。

什麼鬼東西啦！什麼鈴蘭？他只有菊花啦！而且一點都不想要綻放！該死！臭理昂！混帳混帳混帳！

在理昂半推半拉、半哄騙半恐嚇下，福星不得不屈服，硬是勉強跳了一首曲子。中途還和芙清、紅葉擦身而過，他很明顯地看見那兩個人笑到顫抖！

太過分了！

好不容易，在第二首樂曲響起之前，福星以腳扭到為藉口，勉強得到理昂恩准離開。他狂奔出會場，迅速換下這令人尷尬的服裝。

回到會場時，最後一個音符落下，眾人開始自舞池散開。

福星回到理昂身邊，看來理昂也酒醒了不少，並且對剛才發生的事似乎完全沒有記憶。

主燈紛紛亮起，堡裡燈火通明，珠月等人一一出現，聚向福星身旁。

學園祭的壓軸，夏洛姆之星選拔結果即將揭曉。

還剩五分鐘就午夜十二點整。

司儀上臺，揭曉票數，前十名的名板被掛在積分板上，名板下方，放著各個參賽者的票箱。目前福星和理昂的差距是九十一票。

「第二十七屆夏洛姆學園祭即將結束。為各位揭曉的是，眾所期待的夏洛姆之星投票結果。」司儀望向積分板，「這次的比賽相當激烈，也相當精彩。在結束之前，有許多出人意料的現象。雖然還有兩分鐘才截止，但無庸置疑，這一屆的夏洛姆之星得主，是理昂．夏——」

「慢著。」理昂舉手，打斷了司儀的宣告。

「怎麼了？」

「我還沒投票。」

在眾目睽睽之下，理昂一派從容地走上臺，走向自己名板，將下方的票箱抬起，率性地撕開封口，舉起，然後——豪邁地將整箱票往福星的票箱裡倒。

在場的所有人都傻眼。

司儀愣愣，「呃，夏格維斯同學……你……」

「這些是我的票吧。」

「呃，是。」

「我不能使用自己的所有物？」

「但是——」

「規則禁止將他人投給自己的票投給其他人嗎？」理昂繼續追問。

「呃，沒有，但是——」

「丹絹。」理昂回首，對著臺下呼喊。

被唱到名的丹絹立即上前，有備而來，手捧厚如字典的精裝版《夏洛姆學園守則》，朗聲開口：「學園守則第七部分，活動章程第六篇第五章十八項九款之一二九，夏洛姆之星參賽者所得票數，即為參賽者所有物，可任意使用。」語畢，闔書。

底下一片靜默，不知如何反應。

「呃，那、所以——」司儀不確定地望向坐在特等席的桑珌校長。

向來沉穩內斂的容顏，此時看起來帶著喜悅。

「規定確實如此，無可辯駁。」桑珌微笑著，和聲輕語，「照這結果，宣布冠軍吧。」

司儀頓了頓，回復專業，高聲宣告比賽結果。

「本屆夏洛姆之星的得主是——二年C班賀福星。」

場內一片沉靜，只有珠月、紅葉、妙春等人用力地鼓掌，接著，散布在場中的二C學生跟著鼓掌。掌聲開始像浪潮一樣擴散、蔓延。整個主堡內，被如雷雨般的掌聲填滿。

福星一臉呆滯。他沒想到理昂會用這招幫他。在周遭人的擁戴下，他步上高臺。

「謝謝。」福星看著理昂，由衷地開口。

「我只是不想化成灰……」理昂冷冷地低語。

穿著白袍、捧著封盒的以薩，緩緩走上臺，在桑珌面前打開封盒。

桑珌取出晶瑩絢爛的夏洛姆之星，將之別在福星的左胸前。

「恭喜。」

「謝謝……」

桑珌微笑道，「規定是僵死的，運用的人是活的。能夠讓其他競爭者心悅誠服地將票數捐出，這才是真正眾望所歸，真正具有領導者個人的魅力。」

桑珌轉向眾人。「人類一生中最美好的時光，是青春時期的校園生活。狂飆而叛逆的三年，在有限制的學園環境中，創造出值得一生回味的璀璨。

「特殊生命體的年壽漫長，年輕的時光無盡，老死是遙不可及的終點。因為無限，所以無法也無能去珍惜。透過這次的學園祭，我希望也能在各位學員的生命中，留下絢爛而難以磨滅的美好回憶——這正是生命的價值與意義。這正是我們特殊生命體所不擅長的事。」

底下的人開始鼓掌。

福星覺得，桑珌的話語點醒了很多人，也提醒了他。

如果他只是個平凡人，他的高中生活會這樣的燦爛嗎？如果他一開始就知道自己是特殊生命體，那麼他還會覺得在夏洛姆的時光是如此歡樂嗎？

不管如何，他慶幸此時此刻的自己。

十二點的鐘聲響起。夏洛姆之星票選，正式結束。

此時，司儀忽地開口插播：「另外有一個獎項要頒發，由投票者自行捐款辦理的人氣特別獎。有一位參賽者的票數也很高，但是一直查不出身分，所以取消競爭資格，而由投票者自行籌備獎勵。」

司儀彈指，底下的人立即抬上一幀獎狀，中央嵌著那張得獎的照片。

「啊，那是——」福星認出來是寒川，小正太版的寒川。

那是子夜拍的照片！

福星和理昂等人對望一眼，彼此心照不宣地露出淺笑。

子夜，幹得好！眾人暗暗在心中豎起大拇指。

喧騰的學園祭，風波不斷的學園祭，在水妖的水煙火之中畫下璀璨的句點，於凌晨三點，正式落幕。

Epilogue

巨亂伺機而作，

送紅茶也無法淡定，只會蛋疼

前前後後持續了一個多月的學園祭，終於落幕。夏洛姆再度回復平靜。

瑪格麗的魅咒在學園祭結束後的三天內逐漸淡化、消失，眾人對福星的興趣也隨之減少，最終回復成以往的平淡。

和朋友之間的互動，也回復了往常。

「啊，終於結束了。」濃密的綠蔭下，福星雙手枕在腦後，悠哉地翹著腳，享受著午後的微風。「雖然發生了很多事，不過整體來說，還算頗有趣的啦！」

悠猊微笑著翻動書頁，「你似乎樂在其中。不覺得煩嗎？」

「還好。雖然一直出包會讓人手忙腳亂，不過也因此看見大家不一樣的一面，也算是另一種收穫吧。」

福星回想著晚宴當天的景況，嘴角忍不住上揚。

當理昂把票倒入他的票箱之中時，他差點當場噴淚。

他擁有全世界最讚的室友！

「不管如何，恭喜你得到夏洛姆之星呀。」悠猊淺笑，「那可是得來不易的獎勵呢。」

「是啊。寶石很大顆很漂亮，但是不怎麼實用……」

光精靈的結晶對闇血族是致命武器，害他不敢隨便拿出來把玩，更不敢戴在身上，深怕一個不小心碰到理昂，當場就讓對方往生。看來只有等假日回家時，借給琳琳讓她戴去學校過過癮吧。

「你帶在身上嗎？」

「有呀。你要看嗎？」福星打開背包，取出一個小布袋，倒出華麗耀眼的夏洛姆之星，遞給悠猊。

「謝謝。」悠猊伸手，準備接下寶石。

然而，當那纖白的指尖觸碰到勳章寶石的那一刻，立即像沾到血一般，泛起了紅光。

福星瞪大了眼，對於眼前的狀況感到不可思議。

「怎麼會這樣？我之前戴都沒問題啊？為什麼——」

他猛然想起，向弗蘭姆取回織帶的那一夜，寒川所說的話——

「織帶上有咒令。如果碰過『那個』的話，會留下磁場，織帶上附著的咒語便會讓嫌犯的手指冒起紅光。」

「唉呀呀，被弗蘭姆那小鬼暗算了吶……」悠猊看著指尖，不以為意地笑著。

「悠猊，你怎麼……你碰過精靈寶石嗎？」

「是呀。」悠猊氣定神閒地甩了甩手，紅光瞬間消失。

「為什麼你會……」

「因為，偷走夏洛姆之星的，就是我呀。」悠猊輕笑，像是惡作劇被發現的小孩似的，

「不過，現在物歸原主了。」

福星的腦子一團混亂，「為什麼要這樣……」

「我要的，不是木精靈的結晶，而是為了引出寒川私藏的高級品。」

悠猊彈指，兩指間突然出現一顆晶瑩清透、亮著淡綠光芒的寶石。接著輕輕將嵌在勳章上的寶石拆下，換上這顆寶石。

「託它的福，我將能以半實體在校園裡行動。」悠猊以拇指輕撫拆下的寶石，原本附在光滑表面上的變色咒語被抹去，淡綠的幽光消散，露出寶石原有的璀璨虹光，「這讓我與變動之日更近一步。」

雖然當寒川將光精靈結晶交出頂替之後，他隨時都有機會再度盜取，不過，要是這麼做的話，很有可能打草驚蛇。是故乾脆順水推舟，趁這機會測試一下福星的能耐，順便打發時間，觀看鬧劇。

「謝謝你呀，福星。這是我有史以來過得最開心的學園祭了！」悠猊漾起深深的笑靨。

有如天使一般的陽光笑容，看在福星眼裡，卻覺得背脊發涼。

「悠猊，你——」福星起身，但被悠猊伸手制止，壓下。

「回去，我的王將。繼續潛沉。」

悠猊將手伸向福星的額頭，強烈的暈眩隨之籠下。

福星的眼前一片昏花，腦中一片混沌。幾秒後，緩緩回復清晰。

「呃，剛才怎麼了嗎？」他怎麼又恍神了！

「大概是太陽太過強烈了吧。夏洛姆之星收好，別再弄丟了。」

福星看著放在自己腿上的夏洛姆之星，趕緊將它拾起，放回袋中。

悠猊一派清閒地看著書本，「還有什麼有趣的事嗎？」

福星甩了甩頭，「嗯……啊，對了，之後好像會有修學旅行喔！聽說會環遊五大洲呢！重點是全程免費！超豪邁的！」

「真的呀。」離開學園，等於是離開他的掌控範圍。不過，已經無所謂了。畢竟有了女王結晶，便能以半靈體的姿態穿越學園結界。「我非常期待。」

夏季的蟲鳴鳥囀，在蒼翠茂綠中，颳起一整片生機盎然的喧囂。

平靜的午後，隱而未見之處，許多事，正在蔓延，正在構築。

革命的號角即將響起。

新世界的樂章，即將揭幕。

——《蝠星東來Ⅳ月夜的生徒會騷動》完

SHALOM ACADEMY

Side story

換室友比換枕頭更讓人睡不習慣

SHALOM ACADEMY

對於學生而言，最令人頭痛的，未必是遇到作業重、考試多、態度嚴厲的老師，而是遇到過度熱血、經常突發奇想安排許多自認創意又新潮的教學活動、整得學生要死要活、卻以為學生也樂在其中的老師。

在夏洛姆，最顯著的例子就是教授人類社會學與國際禮儀、行為學的派利斯教授。

「……同學之間應該有更多的互動，更加了解對方。如此一來，日後在人類的社群裡，無論是日常生活或執行任務，都能更加游刃有餘地與形形色色的人往來而不會措手不及。」

課堂上，派利斯老邁卻硬朗的身影，鏗鏘有力、振振有詞地說著。底下的學生態度閒散，懶洋洋地聽著課，心不在焉。

福星趴在桌上，在課本空白處亂塗鴉。一旁的翡翠則是滑著手機，管理他的網拍賣場。

翡翠的心情不錯，因為最近增強肌力的藥丸賣得非常好。自從他聽了小花的建議，把狼族學生的健美照片印在包裝和說明書上之後，銷量就直線上升。

看來向小花買照片是值得的。雖然他不太理解，為什麼購買者九成是女性就是了。

「所以呢──」派利斯拉長了尾音，刻意賣關子。

幾個有警覺性的學生目光一閃，不安地看向臺前。

「該死……」丹絹皺眉嘖聲。

他是班上少數認真聽講的學生。即便他對這門課的內容非常不以為然，但事關分數，他便會全力以赴。

因此他認得這個語調。這帶著沾沾自喜和興奮的語調，是一個不祥的徵兆。

「怎麼了？」福星好奇詢問，「肚子痛嗎？你午餐也點了酸辣魚對不對！我吃完飯後一直覺得肚子怪怪的……」

「肚子怪怪的還一直喝優酪乳？你是想引發核爆嗎。」翡翠搖頭，從背包裡拿出了藥盒，打開其中一格，取出兩顆黑色的藥丸，「不要說我沒照顧你，這個是最近的暢銷商品，精靈王的神丹。由前任風精靈長老研發，以十五種天然藥草熬製而成，一人吃藥全家受惠，人人都吃醫生要失業。友誼推廣價三歐元一粒。」

福星瞪了翡翠掌中的藥丸一眼，「這不是肌肉增長藥嗎？吃這個有什麼用！」翡翠的商品有一半是他幫忙上架的，別想唬弄他！

「括約肌也是肌，吃了之後你就有強大的肌耐力對抗肥水噴發的危機。」

「爛死了！」福星把翡翠的手推回，「而且太貴了，我不買。」

翡翠把藥丸收回盒子，「沒關係，我也有準備更便宜、更簡易的方案。」他打開鉛筆盒，拿出橡皮擦，放到福星面前，「一歐元。還送你兩根自動筆芯。」

福星皺眉，「給我橡皮擦幹嘛？」

「既然你不想吃藥，那就直接塞住吧。」翡翠得意地笑了笑，「這叫物理療法。」

「去向全世界的物理治療師道歉……」

翡翠收起橡皮擦，沒好氣地抱怨了聲，「你這客人真難搞。」

「怪我囉！」

丹絹不理會同伴的低次元對話，咬著牙，冷聲預告，「小心，派利斯又要發作了。」

笑鬧的神色從眾人臉上迅速消失。

「所以……教授想做什麼？」學生們不安地詢問。

派利斯笑著拿出符令，吟誦咒語。片刻，座席區泛起數道細小的光芒，光線是從學生的指環散發而出。接著，指環上的光暈有如蠶繭，抽出了一道光絲，飄浮、拉長延展，連向未知的彼端。

數十道光絲在教室裡交織，形成一片光網，學生們坐在線界之中，看起來有如落網之魚。

這老傢伙又想幹什麼?!

派利斯打量著臺下，看見眾人驚惶擔憂的神色，非常自戀地將之詮釋為迫不及待的渴望。

「看見大家那麼期待，我很欣慰。」他輕咳一下，朗聲宣布，「從今天開始，連續三天，大家要和自己的當日伙伴一起行動，近距離地培養感情。」

底下一片沉默。沒人理解派利斯在說什麼，但每個人都在心裡暗暗叫糟。

「看到戒指上的光絲嗎？這個光絲會連結你與你的伙伴，你們必須和你們的同伴形影不離，相隔距離不可超過五公尺。光絲的連結是隨機分配的，每二十四小時會重連一次。」派利斯開心地說完。

眾人錯愕了一秒，接著紛紛低頭，找尋自己光絲所連接的另一半。

抱怨聲以及慶幸的喘氣聲接連響起。

福星看了看自己的手，指環中央突出的絲線向他的左方延伸。光絲的盡頭，連到了丹絹的指環上。他的目光向上，發現丹絹也正看著他。

「丹絹，我們一組！」福星鬆了口氣，安心地笑道，「幸好是熟人。」

丹絹則是吐出了一個五味雜陳的嘆息。彷彿發現自己長了良性腫瘤，不知道該欣喜還是該鬱悶。

福星看向自己周遭的同伴。紅葉的線連到了坐在隔一排的芮秋；珠月連向了同班的河童彌生；妙春則是連向了小花。

福星轉頭，望向翡翠，「你和誰一組？」

翡翠舉起手招了招。坐在斜前方的以薩停頓了兩秒，才緩緩舉起手，低調地揮了揮。

「洛柯羅呢？」

「是肯納。」那是隔壁班的另一個狼族同學，和布拉德感情不錯的爽朗少年。

最後，福星看向他的室友。

坐在角落的理昂，臉色比平常更難看了些，冷厲的雙眸正盯著自己的身旁。

福星將視線向下，看著理昂手上的指環。指環上的光線朝著他的方向延伸，但繞過了他，連向他斜後方一個粗獷的身形。

「布拉德？」

布拉德的臉色也相當難看，福星彷彿聽得見對方咬牙切齒的聲音。

雖然理昂和布拉德兩人之間的關係已經比當初好很多，但闇血族和狼族這兩族先天相剋，本能的敵對感讓兩人無法像其他伙伴一樣那麼熟稔。

隔著一定距離，他們能彼此尊重協助，但要兩人像一般朋友似地稱兄道弟，恕不奉陪。

「運氣真爛……」布拉德低咒了一聲。

理昂冷哼，輕蔑地瞥了布拉德一眼，便轉過頭，不願再正視對方。

「那個，寢室怎麼辦？」

「同一時間有人要上不同的課怎麼辦？」

「作息時間不同怎麼辦？」

看見自己的新伙伴之後，質疑聲此起彼落。

面對眾人的疑問，派利斯揚起和煦燦爛的笑容。「這些問題，便是你們在這活動中必須克服的考驗。兩個不熟悉的人在一起，必須互相包容忍讓，欣賞對方與自己不同之處，交流彼此的想法和心靈。溝通，是解決衝突和感情冷感的良藥……」

什麼狗屁東西啊！現在是婚姻諮商時間嗎？

眾人心裡不滿，但沒人敢直接抱怨。

派利斯見學生們面有難色，趕緊開口，「不用擔心，男生和女生有區隔開來，淑女和紳士們可以免於共處一室的尷尬。」

沒人擔心那個好嗎！況且，真的把男女混雜的話，這任務還勉強有點值得期待的地方！

派利斯繼續講述了些關於人際互動的陳腔濫調，底下的學生完全無心聆聽。牽連著每個人的金絲，光芒隨著時間逐漸變淡，然後消失。

鐘聲響起，派利斯最後交代道：「希望各位認真面對這項考驗，在這三天裡有所收穫。」

布拉德嗤聲，起身，打算直接離開。

「等一下，理昂還沒好，教授說距離不能超過五公尺。」福星好意提醒。

「誰理他啊！」布拉德繼續自己的腳步，但還沒離開走道，手中的戒指便亮起紅光。

「噢，對了，為了確保大家徹底執行任務，所以諸位的指環上下了規制咒。如果兩人的距離即將超過五公尺，指環便會發出警告的紅光；超過五公尺的話，會有小小的『驚喜』發生。」派利斯提醒。

布拉德看了泛紅的指環一眼，不屑地重哼一聲。

他才不在乎處罰。派利斯對學生很和善，懲罰的攻擊咒對他而言根本不足為懼。

「我寧可忍痛，也不想和那傢伙近距離接觸。」語畢，叛逆而堅定地踏出了步伐。

當腳步落下時，他和理昂兩人指環間的金絲瞬間浮現，然後迅速縮短。

金線縮短時，連帶地產生了強大的拉力，將布拉德整個人朝理昂的位置拉拋而去。

「啊！」

「砰！」

眾人譁然，訝異地看著眼前的變動。

「這是為了增進友誼而舉辦的溫馨活動，怎麼可能體罰你們呢。」派利斯笑呵呵地說道，「兩個人距離超過五公尺時，規制的咒語就會啟動。原本五公尺的移動範圍，會縮短到五公分。每次維持十分鐘，我稱它為親密時光。如果累犯的話，親密時光也會隨之累加，直到更換伙伴為止喔。」

布拉德因突如其來的衝擊而眼睛昏花，當他好不容易定睛回神時，映入眼中的，是理昂的臉部近距離大特寫。

此刻，理昂正僵硬地坐在位置上，布拉德精壯的上半身撲壓在理昂身上，下半身則是伏掛在桌面。然後，兩人戴著戒指的兩隻手，正掌心並掌心地貼合在一起。

「啊！」布拉德趕緊將手甩開，整個人像是被燙到一樣，猛地向後方彈躍而開。但是才跳起，手中的金絲再度出現，將布拉德再次甩向理昂。

「砰！」

理昂的座位歷經兩度衝撞，硬生生地崩裂。

兩道人影向後翻仰，重重落地。

「該死的……」

眼睜睜地看著自己壓落在理昂身上，布拉德咒罵道，反射性地想要起身離開。

但他正想動身時，一陣冰冷襲上了他的頸子，使他停頓了動作。

理昂手中握著短劍，劍鋒抵著布拉德，差一分便會見紅。

「你想怎樣？」布拉德怒目以對，「你以為這小小的玩具能傷得了我？」

「我只是想讓自己的身上少沾染些狗臭味……」理昂冷聲低語。他非常地不爽，話語變得有如利劍，句句尖銳。「教授說，每分離一次，處罰時間就會延長。」

「是親密時光啦。」福星提醒。

理昂冷眼一瞪，福星乖乖閉嘴。

「我沒有虐狗的癖好，但若遇到冥頑不靈的畜牲，我會毫不留情地鞭策管教。」

「你——」布拉德揪住理昂的衣領，但被他一掌拍開。

「腳跨到右邊。」理昂指了指身旁的空位，「先移下半身，動作小一點。」

「憑什麼我要聽你的——」

「如果你想盡快擺脫我就照做。」理昂冷斥，「過去。」

布拉德咬牙，雖然滿肚子怒火，但眼前的情勢尷尬，他只能配合。

他小心地撐起上身，跨開大腿——這一瞬間，兩人的姿態看起來宛如騎乘加地咚。

「喀嚓。」快門聲響起。

布拉德怒然回首，「拍個屁！找死嗎?!」

但舉著手機的，竟是珠月。

被布拉德猛地大聲咆哮，珠月花容失色地鞠躬道歉，「抱、抱歉……我很抱歉……我實在、實在克制不住自己，所以……雖然又拆又逆，但是感覺很不錯……呃，不，總之，冒犯到你真的很抱歉，我立刻刪掉照片——」

布拉德驚愕不已，連忙開口，「呃，沒關係！不要緊張——」

他下意識地起身向前，想趕緊拍拍珠月的肩，告訴珠月他並不在意，讓珠月知道他並沒有凶她的意思。

「別動！」理昂警告。

但慢了一步。

布拉德站定後，甫踏出一步，便整個人被向後拉扯，背朝下地倒回原位。被當成墊背的理昂，硬生生地承接了布拉德的第三度壓擊。

布拉德這次不敢多話，倒地之後便小心翼翼地翻身，坐到一旁的地面。躺在地上的理昂面如死灰，緩緩地坐起身，拍了拍身上的灰塵，以絕對零度的眼神看著布拉德。

「怎樣？」布拉德反瞪。

理昂沒理會布拉德，而是轉頭看向時鐘。

還有二十三小時又三十一分鐘，災難才會結束。

他深吸一口氣，長嘆一聲。

「理昂，你還好嗎？」福星擔心地前來關切。

看著這平日讓他頭痛不已的愚蠢室友，理昂覺得，此時的福星就像天使一般。

「嗯。」

「那個，我和丹絹討論過了，今天我會去丹絹寢室睡，房間就讓給你啦。」福星笑道。

理昂聞言，一股莫名的失落感倏忽而逝。

「嗯……」他淡然地應聲，然後望向布拉德，冷聲喟嘆。

罷了，情況再糟，也不過如此。

「對了，忘了提醒你們。」派利斯教授再次開口，「在親密時光裡，分開超過五公分也算違規，時間也會加倍。所以說，剛剛兩位在親密時光裡分開了兩次，加上原本的時間，所以時效變為三十分鐘，希望你們能把握這段時間，好好談心交流！」

理昂覺得額角發疼。

……他想休學。

派利斯的課結束時，正值夜休晚餐時間，學生們趁這時段，處理住宿和課程的問題。大部分的學生雖然口頭上抱怨派利斯擾民，但每個人的臉上都帶著明顯的期待。特別是女學生，格外興奮，甚至策畫起睡衣派對，少女們將聚在一起徹夜談心、吃點心、聊八卦。

對男同學而言，睡衣派對就像是天使們嬉戲的祕密花園，是夢寐以求的夢幻樂園。

當女學生們在食堂裡熱切討論時，食堂外的一隅，一群人鬼鬼祟祟地聚集，低調地進行交易。

站在人群中央的是小花和妙春。男學生們藏頭藏腦地輪流走近，匆匆開口。

「譚雅，兩張。」一名豹族少年開口。

「三十歐元。」小花在帳本上書寫，收下對方遞來的錢。

「紅葉，五張。」

「一百五。」

「有辦法拍到她洗澡或穿內衣的照片嗎？我可以加錢。」男學生低聲詢問。

「不行，只有三點不露的特寫照。」

對方不滿地抱怨，「但妳賣的男學生照片都露點，有的還幾乎全裸。現在卻突然提高道德標準，未免太虛偽。」

「因為我非常熱愛男性的胴體，無關道德。」小花大義凜然地回應，「拍攝女體足以讓我幻肢陽萎，臉部特寫已經是我的極限。」

「好吧……」男學生悻悻然地哼聲，乖乖掏錢。

妙春傻愣愣地站在一旁，默默看著小花做生意，不發一語。

小花瞥了妙春一眼，淡然開口，「妳若是想和紅葉打小報告的話，無所謂。」

妙春和紅葉很要好，她不會無聊到要脅妙春守密。

「我不會告訴紅葉。」妙春笑著回答。

「噢？」

「因為紅葉早就料到妳會藉機拍照來賣了。」

小花微愣，「她不在意？」

「噢，不在意啊。不過紅葉有交代，把她拍得好看一點，不然她會找妳算帳。」

「就這樣？」

妙春偏頭想了一下，「還有，如果可以的話，把安妮塔拍醜一點。紅葉不喜歡她。」

小花輕笑出聲，「我知道了。」真是隻狡猾的狐狸……

男子宿舍。

布拉德和丹絹跟著福星和理昂，四人先一起回到了福星的寢室。

福星一邊打包個人用品，一邊和站立在牆邊的布拉德說明。

「我的東西你都可以用喔。餅乾放在櫃子裡，可以盡量吃。放在藍色箱子裡的點心是要餵食洛柯羅用的，最好不要動，但你如果真的很餓的話，想吃也是可以啦。」

布拉德翻白眼，「我才不吃那些垃圾食物。」

此時的理昂，與他肩並肩站在一起。布拉德明顯煩躁不已，理昂則是面若冰霜。兩人站得極近，卻死都不看對方一眼，彷彿對方不存在。

「這一櫃是我的漫畫和小說，都可以自由取閱，這裡的黏土人公仔和掌上遊戲機也可以拿來玩，但是別刷新我的紀錄。因為，我必須面對屬於我自己的戰鬥。」福星諄諄告誡。

「你的東西我一樣都不會碰，也不想碰！」

「噢，我想說講解清楚，讓你有賓至如歸的感覺。你會在意用我睡過的枕頭嗎？我有乾淨的枕頭套可以換喔！」

「不需要，我不打算在這裡睡覺。」布拉德不耐煩地說道，「單獨和闇血族共處一夜，誰曉得會發生什麼事。」

布拉德這話有故意找碴的意味，因為任何人都知道，校內的闇血族不可能對同學出手，而特殊生命體也不是闇血族攝食的對象。

「放心，我不吃垃圾食物……」理昂看著前方漠然輕語，「或者說，你連食物也稱不上，純粹是垃圾。」

布拉德怒然轉頭。兩人距離太近，他一轉頭，理昂冷峻的側顏便近在眼前。

理昂皺眉，因為他感覺得到布拉德的鼻息拂上了他的臉，溫熱的氣息令他感到不悅，於是他轉頭，讓布拉德面對自己的後腦勺。

看著理昂和布拉德的互動，福星開始擔憂寢室會變成凶案現場。

「那，大概就這樣囉。」福星解說完，拿起背包準備離開。

「第三層櫃子裡放什麼？」丹絹好奇。

福星微微一頓，乾笑著打哈哈，「沒什麼啦……就只是一些雜物，一些無聊的書，很艱深，所以沒什麼好說的啦。」

櫃子裡放著的，是他網購的成人向書刊和遊戲光碟，是他小小的異色天堂。

雖說自己已經成年，同伴的年齡也都是十八的好幾倍，但要把自己的私藏品展現在眾人面前，根本是公開處刑。

「艱深的書？」丹絹眼睛一亮，「哪方面？」

「呃……健康教育和日語教學之類的……」啊，他忘了丹絹是知識控，不該說是書的。

丹絹看起來更好奇，「可以借我看嗎？沒想到你如此好學，何必那麼低調？」

「呃……」

理昂聽福星支支吾吾的樣子，暗嘆了一聲，冷然開口，「因為裡面堆放了不少陳年未洗的衣物。」

丹絹聞言，嫌惡地皺眉，「喔，那還是算了。」

福星暗暗地鬆了口氣，然後感激地看向理昂，但理昂卻沒正眼看他。

因為如果要正眼看福星，理昂就必須把臉靠近布拉德。

福星交代了幾句之後，便離開房間。

寢室裡只剩下布拉德和理昂。

兩人站在門前，站在方才目送福星離開的位置，像兩座雕像般，不發一語，動也不動。

沒有其他人在場當緩衝，兩人都不知道該如何和對方互動，也不知道該說什麼。

布拉德在他人面前時，能夠毫不猶豫地對理昂說出嘲諷和攻擊性的話語；但當沒有第三者在場時，他卻莫名地不好意思開口攻訐。而除了嘲諷以外，他不知道該如何和理昂對話。

理昂站在原地，等著布拉德開口。

他慣於沉默，在談話時向來被動消極。他本以為布拉德會繼續口出惡言，但對方卻和他一樣沉默。

這樣的寧靜太過詭異，反而讓兩人都感到異常。

大概默站了三分鐘，布拉德率先開口，「喂，我晚上有戰略學的課，你呢？」

理昂停頓一秒，「……冷兵器實戰。」

布拉德不悅地皺眉，低沉開口，「我先聲明，那堂課我必須到課，絕不可能缺席。」

戰略課的教授是軍人出身，對學生就像對待下士一樣，嚴厲而不由分說——當然，這只是原因之一。

即便今天晚上沒課，他也不想配合理昂行動，因為這樣就好像示弱了一樣。

他知道這樣的心態很幼稚，但狼族和闇血族之間長久的矛盾，使得他下意識地做出了敵斥的反應。

理昂沉默片刻，「那就去上。」

布拉德詫然。他以為理昂會反駁，甚至已經準備好和對方大打出手了。

「那你的課？」

「無所謂。」理昂以帶著冷漠的自傲，輕聲說道，「沒有對手，不去也罷。」

布拉德愕愕，接著忍不住失笑出聲。

多麼狂傲又自負的傢伙……

但他知道，理昂確實有驕傲的本錢。

他花了很多時間，內心掙扎了很久，才心悅誠服地肯定了理昂的能耐。

他討厭理昂，但在心裡一隅，他又忍不住欣賞對方的強大。

布拉德略微不好意思地搔了搔下巴。看來這傢伙也頗和善的，他對理昂的態度似乎不該那麼強硬。

「那就謝——」

布拉德道謝的話語才吐到一半，理昂繼續開口，

「況且，」理昂轉頭，瞥了布拉德一眼，「你在，會妨礙我。」

「嚓！」指環發出了一記細小的聲響，五公分的限制解除。

理昂彷彿早就算好時間一般，話語方落，便轉頭離開，走向自己的床區，把布拉德拋在腦後。

看著理昂的背影，布拉德咬牙切齒。

撤回前言。

這傢伙，惡劣透頂！

以薩的室友是個蛟族人，個性溫吞斯文。翡翠來到寢室後，和對方打了個招呼，對方客氣地寒暄幾句，接著委婉而堅定地要求翡翠，不要進到自己的床區，更不要動他的東西。翡翠也不在意。面對不熟或不想往來的人，他相當有分寸。

翡翠站在客廳，打量整間寢室一番。

公共領域的東西很少，沒有什麼私人物品，但打掃得很乾淨。透露出兩位原房客的關係相敬如賓，不熟絡也不交惡，就只是兩個同住的陌生人。

翡翠望向以薩的床區。裡頭東西也很少，私人物品全部收在櫃子裡。唯一帶有個人特色的地方，就是其中一面牆上掛了木製十字架，十字架下方的地面，擱了個看起來像踏臺又像矮凳的物體。

「那是什麼？」

一直沉默不語的以薩突然被詢問，趕緊開口，「那是禱告椅。每天早晨和夜晚，我都會跪在那裡禱告和懺悔……」

以薩一講完便後悔了。他不曉得這樣的說詞會不會讓對方覺得自己很怪。

雖然因為福星的原因，他和班上其他同學變得比以往更熟了些，但他仍然不善與人溝通，特別是在這種獨處的時刻。

「原來如此。」翡翠點點頭，「多少錢？」

以薩愣了愣，「什麼？」

「這張椅子多少錢？」

「我不清楚……」那是族長給他的，要他時時在神的面前省視自己。

「它只能用來禱告嗎？」翡翠打量著那雕工精細的禱告椅，評估這東西是否能為自己帶來商機。

「呃……」以薩努力地絞盡腦汁，認真思考該如何回應翡翠的問題。片刻，猶豫地開口，「我想，若是遇到極冷又沒有柴火的情況，可以燒來取暖……」

翡翠輕笑出聲，「你還頗幽默的嘛。」

以薩再次愣愣。

一方面是因為翡翠的稱讚。他從未被人稱讚過幽默。他沒有幽默感，也不敢說出任何有違分際的話，因為從小他便被嚴格地教導，口舌上的歡鬧和調笑是不被允許的。

他謹記在心，全然奉行。

另一方面，他愣愣的原因來自翡翠本身。

只是一個淺淺的輕笑，便有如眾花齊綻，星月同輝，絕麗璀璨。

風精靈一族不分男女，全都有著脫俗的容顏。即便在特殊生命體界，風精靈的容貌也是相當出眾的。

他已經看慣了翡翠的臉，看慣了翡翠的各種表情，包括笑容。但這是第一次，翡翠只對著他笑。

看著翡翠，以薩嚥了口口水，緊張地向後退了一步。被制約的本能，讓他產生了退卻和畏懼的反應。他自小便被嚴厲教導不可近女色。越是美麗的女人，越不能靠近，因為那會帶來毀滅，自我及他人的毀滅。

他謹記在心，全然奉行。在無數的鞭笞與杖責之下，使他對異性產生了畏懼。這樣正好，會害怕就不會接近，也不會有憾事發生——

此刻，他感到惶恐。

雖然面對的是翡翠，他卻產生了制約的反應。

「你的臉色有點差。」翡翠看著以薩突然轉變的表情，靠近了一步，「你生病了？該不會你中午也吃了酸辣魚吧？」

以薩退後一步，「抱歉，沒有……」

「要吃藥嗎？」翡翠拿出藥盒，「大長老加持過的聖丹，有病治病，沒病固根柢。兩粒三歐元。」說完便倒了兩顆藥在手中，遞向以薩。

當翡翠的手伸向以薩時，以薩立刻向後退開。

「抱、抱歉……」以薩意識到這舉動相當失禮，連忙道歉。

看著以薩的反應，翡翠促狹地勾起嘴角，「你怕吃藥？」

「呃，不是的……」

翡翠伸著手向前一步，以薩再次退開。

「抱歉……」

翡翠再次輕笑。

看著比自己還高大的身形被逼得節節敗退，翡翠覺得非常有趣。

他非常故意地又向前一步。以薩後退一步。

向前、後退、向前、後退——

以薩的背撞上牆。無路可退了。

他的眼眸掃向左方，打算從旁退開，但翡翠的動作比他更快一步。一隻修長而雪白的手臂釘向他肩旁的牆面，斷了他的退路。

以薩轉過頭，低頭看著風精靈。對方正揚著狡黠的笑容，似笑非笑地看著他。

窗戶沒關，夜風吹入，金色的髮絲拂過了以薩的手臂，輕搔著他的皮膚。

他覺得自己快暈過去了。

「如果不是怕吃藥，為什麼要躲？」翡翠笑呵呵地質問。

我是怕你。以薩在心裡暗忖。

「抱、抱歉……」

「不用道歉。」翡翠更靠近一些，徹底堵住以薩的退路。「如果怕苦的話，我有糖。」

他從口袋裡拿出一顆糖果，那是洛柯羅塞給他的。

「不必了……」

「需要我餵你嗎？」翡翠笑問。

以薩咬牙，深吸一口氣，快速地從口袋中掏出皮夾，倉促地抽出一疊鈔票，塞進翡翠的手裡，並一把抓住翡翠手中的藥。

「不用找了……」

翡翠燦笑，「謝謝惠顧。」

趁翡翠忙著數錢，以薩大步一跨，趕緊溜回自己的床區。

他跪在禱告椅上，重重地喘氣，心臟狂烈跳動。

翡翠是男人。

他在心裡告訴自己。

別緊張，他是男的。

以薩在心中嘀咕默念了好一陣，確定心理建設完畢後，深吸一口氣，然後穩重地站起身。

沒問題的。翡翠是男的，和其他男同學一樣，沒什麼特別的。他絕對可以坦然從容地面對，毋須惶恐。

以薩走向客廳，翡翠剛好數完錢。

見到慷慨的金主，翡翠的態度相當熱絡，近乎諂媚。他笑盈盈地對著以薩開口，「你晚上有課嗎？」

「中世紀歐洲史。」以薩鎮定地回答。

「走，一起去。」翡翠抓住以薩的手臂，邁開步伐。

以薩全身僵硬，但仍勉強維持住冷靜，跟著翡翠一起移動。

沒什麼，這沒什麼。只是男同學之間的普通互動，不需大驚小怪。

想想布拉德吧！翡翠和布拉德是一樣的生物……

以薩用力地回想之前體術課時，布拉德勇健的軀體，專注地思考對方精碩的四肢和渾厚的胸膛，以及上完課後男更衣室的汗臭味……

這招非常有效。原本躁動的心跳以及煩亂的思緒，漸漸地冷卻，歸於平靜。

當以薩正要放鬆時，翡翠忽地開口。

「對了，下課後一起去澡堂吧，這樣比較方便行動。」

這話有如炸彈，粉碎了以薩好不容易建立起來的防護屏。

以薩思考了兩秒，深吸一口氣。

「請等我一下。」他慢慢地撥開翡翠的手，走回自己的床區。

然後，拿起手機，鍵入一段訊息，然後慎重地送出。

冷靜，不要緊張。

以薩在心中安撫自己。

他有祕密武器。

是否能撐過這一關，就靠它了……

同一時間，女生宿舍。

根據討論結果，珠月會去和彌生一起住，妙春則移來這個房間。四人先一同回到小花和珠月的房間，之後再分開行動。

同樣來自日本的彌生和妙春一起坐在客廳裡，聊著家鄉消息。

睡衣派對是十一點開始。趁著這空檔，小花坐在電腦前整理訂單，珠月則是打包自己要用的物品。

「小花，妳有看到我的護唇膏嗎？」

「有，在妳嘴上。」小花頭也不回地回應。

「我是說護唇膏的本體，綠色那一支——」

「我不知道。自己找，別煩我。」

小花和珠月同寢一年了，兩人非常熟，私下的互動也比在外更加直來直往。

外頭的彌生聞言，抬頭望向小花的床區。

「妳太凶了吧。」彌生忍不住幫珠月說話。

小花不以為然地哼了聲。

「沒事的，彌生，小花她人很好的，我們平常就是這樣溝通的。」珠月笑道。

「妳太溫柔了。如果不是你，我看沒有人能容忍得了她。」彌生冷哼。

小花嗤笑。

是誰在容忍誰啊？

這溫柔體貼的女人，衣櫃裡可是收了上百本超重口寫真和小說，還會用喇叭播放十八禁的耽美廣播劇，逼她一起聽。

珠月緩頰了幾句後，便走向小花身後。

「不好意思，彌生不理解我們的情況，所以語氣重了些，她沒有惡意的。」

「沒差。」反正她也利用彌生賺了不少錢，彼此彼此。

放在桌面上的手機響起訊息提示聲。

小花拿起手機，點開訊息，接著瞪大了眼。

「靠！」

小花驚訝地低咒了聲，引起珠月的好奇。

「怎麼了？電腦又故障了？」珠月關切地靠近。

「不，只是接到了新的訂單，有點……勁爆……」小花抓了抓下巴，看著訊息，百思不得其解。

「有什麼問題嗎？該不會有人想要派利斯的照片吧？」珠月笑問。

「不是。」小花把手機轉向珠月。

珠月定眼觀看螢幕上的訊息。

小花同學您好，我是以薩。冒昧打擾，深感抱歉。

想向您訂購十張布拉德同學的相片。全身照，裸露為佳。九點時我會在教學大樓中廊等您。萬分感謝。祝，一切安好。

下一刻，狂喜狂野狂歡狂飆狂熱的嘶吼聲，從女宿傳出。

沒有人知道那是什麼生物發出的，也沒人敢追究。

遠在男宿的布拉德和以薩，同時打了個寒顫。

——番外〈換室友比換枕頭更讓人睡不習慣〉完

高寶書版集團
gobooks.com.tw

輕世代 FW231
蝠星東來04

作　　者　藍旗左衽
繪　　者　ダエ
編　　輯　謝夢慈
校　　對　林紓平
美術編輯　彭裕芳
排　　版　彭立瑋
企　　劃　姚懿庭

發 行 人　朱凱蕾
出　　版　英屬維京群島商高寶國際有限公司臺灣分公司
　　　　　Global Group Holdings, Ltd.
地　　址　臺北市內湖區洲子街88號3樓
網　　址　www.gobooks.com.tw
電　　話　(02) 27992788
電　　郵　readers@gobooks.com.tw（讀者服務部）
　　　　　pr@gobooks.com.tw（公關諮詢部）
傳　　真　出版部　(02) 27990909　行銷部 (02) 27993088
郵政劃撥　50404557
戶　　名　三日月書版股份有限公司
發　　行　三日月書版股份有限公司/Printed in Taiwan
初版日期　2017年5月
五刷日期　2021年2月

國家圖書館出版品預行編目(CIP)資料

蝠星東來 / 藍旗左衽著.-- 初版. -- 臺北市：高寶國際, 2017.05-
冊；　公分. --

ISBN 978-986-361-404-3(第4冊；平裝)

857.7　　106005284

三日月書版

三日月書版

GOBOOKS
& SITAK
GROUP©

GOBOOKS
& SITAK
GROUP©